BLACK SWAN 黑天鹅图书

为 人 生 提 供 领 跑 世 界 的 力 量

全世界给我勇气！

2014.11

全世界给我勇气

只怕青春太短，不够把这个世界看遍！

刘笑嘉 作品
陆洋 摄

中国華僑出版社

图书在版编目（CIP）数据

全世界给我勇气 / 刘笑嘉著；陆洋摄. —北京：中国华侨出版社，2014.9

ISBN 978-7-5113-4870-8

Ⅰ.①全… Ⅱ.①刘… ②陆… Ⅲ.①游记－作品集－中国－当代 Ⅳ.①I267.4

中国版本图书馆CIP数据核字（2014）第206992号

全世界给我勇气

著　　者：刘笑嘉
摄　　影：陆　洋
出 版 人：方　鸣
责任编辑：落　羽
装帧设计：熊猫布克
经　　销：新华书店
开　　本：880mm×1230mm　1/32　印张：8.5　字数：150千字
印　　刷：鸿博昊天科技有限公司
版　　次：2014年11月第1版　2014年11月第1次印刷
书　　号：ISBN 978-7-5113-4870-8
定　　价：36.80元

中国华侨出版社　北京市朝阳区静安里26号通成达大厦3层　邮编：100028
法律顾问：陈鹰律师事务所
发 行 部：（010）82068999　　传真：（010）82069000
网　　址：www.oveaschin.com
E-mail：oveaschin@sina.com

目录

Part 1

被时间照亮的瞬间

从首都弗里敦到科诺的公路，在广袤的大草原上徐徐展开。有一段路笔直得出奇。看着窗外掠过的茂密的树丛和蓝天白云，有那么一瞬间，我甚至忘了自己正驰骋在非洲这片大陆上。这世界上每一处的风景本就没什么不同，只是因为看它的人不同而已。

塞拉利昂最好的大学——弗拉湾学院坐落在Mount Aureol（奥雷奥尔山）的山顶上，它的附属小学也在同一座山上。孩子们在山上跑步，当作体育课前的热身运动。他们有的穿着皮鞋，有的打着赤脚，在40摄氏度的高温下生龙活虎。

香蕉群岛的海滩上，懒散地躺着几只小船，渔夫们大概躲在哪片树荫下正打着盹儿。等到正午过后，太阳不那么毒辣了，他们会继续划着这些单薄的小船在大西洋上捕鱼。

我们的到来，在马格巴斯村引起了轰动。下车拍照的我立刻被热情的村民们包围，有的争着问我们从哪里来，有的主动请我给他们拍照，还有一个哥们儿问我结婚了吗。我老实地回答说没有，然后他很直接地问我可不可以嫁给他，那语气和表情就跟街坊邻居聊家常问“吃了没”一样。

雨季刚刚过去，在去科诺市区的路上，满眼尽是葱绿。此刻，除了不停地深呼吸，其他动作都变成了多余的。这里的人一定认为口罩是这个世界上最没有用的发明。

经过东部省的一个小村子，司机在村里唯一一家“饭馆”吃午饭。老板娘把米饭盛在搪瓷盘子里，从锅里捞出一个炸鸡腿放在米饭上，又从另一口大锅中，舀了一大勺橘黄色的汤汁浇在鸡腿和米饭上，汤汁里还掺杂着墨绿色的碎屑。一盘非洲“盖浇饭”就这样迅速地做好啦。

马格巴斯有着一眼望不到边的甘蔗田。每到旱季的傍晚，马格巴斯的天空都会被火光照亮，原本湿热的空气变得燥热，风轻拂甘蔗叶和花的声音突然被噼噼啪啪的爆裂声所取代。农民们点起一把把火，火舌瞬间吞噬掉田里的甘蔗叶子和杂草，只留下甘蔗等待第二天收割。

马格巴斯的蔗糖厂里，工人们正收着甘蔗。他们像是天生的模特，面对相机毫不怯场，不停地摆着pose，甚至欢快地跳起舞来。

在弗里敦市区，随处可见一群群的年轻人，他们靠兑换美元、卖椰子或者贩卖各种生活用品赚取微薄的利润。但大多数时候，他们都无所事事。从他们整齐划一的直勾勾的眼神中，我才意识到自己是大街上唯一的“白人”。

airtel

傍晚，从码头望向弗里敦市区，整座山被城市的灯火照亮。白日还未褪去的炙热和夜晚人们更加炽烈的热情，将这片灯火慢慢融化。被融化的灯火伴随着酒吧里传出的音乐，缓缓流入大西洋。

Part 2
人越野，心越大

世界那么大，去哪儿撒撒野？

如果你觉得生活无聊，无聊到你无法忍受的地步，那么，除了把它变精彩，你别无选择。

五个月前，我说想找个花费不多、签证又不那么难办的地方旅行。有个闺蜜说，想旅行又嫌贵，要么等有钱了再去，要么干脆移民，换个护照，哪儿哪儿都能免签。

可地球那么大，干吗非扎堆儿去那些著名旅游胜地啊？找个游客少的地方不是什么难事。咱们从小到大，大拨轰的事情还嫌少吗？我就喜欢故意找人少的“歧途”走，就像我们的生活，为什么不找一条人少的路走呢？

欧洲太文艺，不够刺激；我那可怜的财力又不足以支撑我去南极、北极转一圈；姑娘我身体也不够壮硕，喜马拉雅山暂时还爬不了。把各种“斯坦”、海岛、东南亚想了一圈后，我把目光落在了非洲。于是，充满生命活力的非洲就成了我的不二之选。

有一种“夏娃理论”认为，如今地球上的各个人种，都是20万年前某一个非洲女性祖先的后代，这个非洲女性祖先被称为“夏娃”。夏娃的后代离开非洲，迁徙扩散到欧洲、亚洲等地，取代了当地原有的早期智人。现代人类的线粒体DNA均来自这位非洲女性，她是人类各种族的共同祖先。虽然这种假设自问世以来，就不断遭到各种质疑。但我对于祖先、迁徙、故土这些词，天生痴迷。从我们这个时代的区间看，我去非洲算作旅行。如果将时间的区间扩展到20万年前，按照“夏娃理论”的假设，我去非洲就可以算回老家了。

每到达一个陌生的地方，我们的内心都会被新鲜感充满。可地球那么小，也许我们的祖先在这千万年的历史中，早已迁徙到它的每一个角落了。所以，无论我们到了哪里，都可以像回家一样舒心。

“我旅行是因为喜欢到处走动，我享受旅行给我的自由感觉，我很高兴摆脱羁绊、责任和义务，我喜爱未知事物；我结识一些奇人，他们给我片刻欢愉；我时常腻烦自己，以为借助旅行可以丰富个性，让我略有改观。我旅行一趟，回来的时候不会依然故我。”我不知该怎样形容毛姆这段话在我心中激起的波澜，它道出了旅行带给我的东西，这几乎是我想要的一切——满足好奇心、交朋识友、塑造更好的自己，最重要的是自由的感觉。

想要自由，总得舍弃点儿东西，比如“三安”——安定、安逸、安稳。我倒是不怎么反“三俗”，很喜欢反“三安”。在我心里，不要道听途说的人生比“三安”重要得多。

同样喜欢反“三安”的陆洋同学，听说我去的地方很有趣，于是决定同行。他是个沉默的观察者，用相机记录一路上的所见的人和事。习惯了独来独往的我，也不知带上他究竟是福是祸。

可地球又是那么大，姑娘你干吗不挑个舒坦点儿的地方？

我想用《托斯卡纳艳阳下》里的一段话回答：“为了自己想过的生活，勇于放弃一些东西。这个世界没有公正之处，你也永远得不到两全之计。若要自由，就得牺牲安全。若要闲散，就不能获得别人评价中的成就。若要愉悦，就无须计较身边人给予的态度。若要前行，就得离开你现在停留的地方。”

既然出来旅行，当年吹过的牛，迟早都要兑现的。因为在第一本书中夸下海口，说了要去非洲，弄得我不去就会很没面子。这种事情，我会随便说出来吗？哼，笑话！

去非洲自助游是找死？

我在一个QQ群里说我想去非洲的时候，群里炸开了锅，有一位仁兄说去非洲自助游那真是找死，出门都带枪的，不带枪就得死！我问他，你去过？他说有亲戚在安哥拉当监工。我说非洲那么大呢，一个国家的情况不能代表所有国家。对方很笃定地说，哪个国家都一样。这种逻辑真是好笑，这就像一个外星人降落在北极，发现那里除了北极熊就是冰川，然后他就回去跟他星球上的人说，地球上只有低等生物，没有文明存在，到处都被冰川覆盖。

QQ群里还有一位说，非洲都是第三世界国家，连电和自来水都没有，电视里播过的。这个更好笑，如果现在还有老外问，中国男人是不是还都留着长辫子，你肯定笑话他没常识、不懂历史。

在出发前和旅行中，我们总是需要克服一拨又一拨的谣言。比如每年一到七、八月的暑假期间，拉萨就会弥漫着有关布达拉宫门票预约券的各种谣言。那时属于旺季，为了控制参观布达拉宫的人数，游客必须先领预约券，第二天再用预约券换门票。谣言把参观布达拉宫形容得十分艰难，我听过很多个版本，有

的版本说必须夜里3点去排队领预约券；有的版本说夜里3点都领不到，夜里1点就得去；还有的版本更夸张，说必须12点之前就去，通宵排队才能领到。因此催生出一个新兴职业——代领预约券，每张加收几百元不等的辛苦费。

我在一天下午，去布达拉宫附近溜达，顺便绕到排队领预约券的地方。我问那里的工作人员，究竟几点去排队比较靠谱。工作人员说根本不必通宵排队，每天上午9点停止发放预约券，9点之前来都行。我在回去的路上，很开心地告诉了几个在火车上认识的人，好让他们别花那个冤枉钱，谁知他们的反应竟然都是不可能吧，大家都说要通宵排队啊。居然没人信！

转天，我早上7点半去排队，轻轻松松、淡定从容地拿到第二天下午2点参观布达拉宫的预约券。据我分析，谣言的源头估计是某些旅行社，他们有拉萨一日游的业务，其中就包括布达拉宫。他们的人号称如果不参

加这个团，想参观布达拉宫就只能夜里去排队。总会有很多人懒得去求证真伪，直接掏钱——要么掏给代领预约券的人，要么掏给旅行社。我听说的最贵的一日游团费是900多块钱一位，包括布达拉宫和大昭寺的门票，还管顿中午饭。其实，团餐的标准是25块钱一位，两个地方旺季的门票加一起是285块，大家算算旅行社挣了多少吧。很多花了冤枉钱的人，还会主动向别人散播这个谣言，造成有很多人笃信，必须通宵排队才能拿到预约券。没有人愿意去问最应该问的人——发放预约券的工作人员。三人成虎嘛，身边的人都这么说，就当那是事实好了，这是最省时、省力的自我催眠方法。

拒绝比接受更难，别人的看法我们很容易不去求证，直接全盘接受。尤其是权威的想法，比如父母、老师、专家和所谓的“过来人”。当我们都相信一样的“事实”时，也就是生活在所谓众口一词的舆论环境里，是非常可怕的。当大多数人说着同一个看法，心中揣着不同意见的人即使说出真实想法，也会觉得心虚。有时，他们甚至被所有“正常”的人怀疑脑子有问题。

非洲有几十个国家。索马里、南苏丹之类需要维和部队的地方，我还不够胆孤身犯险；摩洛哥之类撒哈拉以北的非洲地区，虽然免去很多对于热带病的担心，但同时也会少了传统非洲地区的乐趣；像斯威士兰这种还没跟咱们建交的国家，需要“跳板国家”才能到达；签证也得考虑，南非、肯尼亚之类旅游业发达，报个团随时可以光顾的地方，又会扫了水瓶座好奇宝宝的兴致。筛来筛去，也剩不下几个国家了。

想去一个地方，可能仅仅是因为看过的一部电影、读过的一本书或听过的一首歌，它们都是线索，也是很久以前种下的种子。看了阿来的小说《尘埃落定》，跑去了四川阿坝；仅仅是听了《西贡小姐》的选段，就对越南神魂颠倒；那部十分文艺的电影《托斯卡纳艳阳下》，又让我对意大利念念不忘。

突然想起几年前看过的一部电影《血钻》，也许冥冥之中，是它把我带往片中的国度。同时吸引我的，还有首都的名字——Free Town（自由城，音译名为“弗里敦”）。就这么愉快地决定了，要去的那个国家叫作塞拉利昂！

他们说这里很危险

我的签证是传说中的“返签”，就是将自己的护照通过国际快递邮寄给中国驻塞拉利昂大使馆，获得返签证明后，再寄回我手上。所谓的返签证明不过是一张印着字的A4纸，我的护照上没有任何变动。在首都机场时，机场的边检人员看到我那极度简约的返签证明直犯嘀咕，反复确认我办理该证明的合法途径后才放行。最后还抛给我一个问题：“你确定到了塞拉利昂能够顺利入境吗？”我除了猛点头外，没法做别的反应。

我最佩服自己的就是健忘的本事。“万一到了塞拉利昂，不让我入境怎么办”这个问题，吃过第一顿飞机餐后，我就把它忘得一干二净了。

直到我真正到达了非洲，才知道“听说”有多么可怕。有关非洲的传闻，甚至连气候都是谣言，非洲不等于热死人。

在埃塞俄比亚首都亚的斯亚贝巴转机。刚下飞机，我就忍不住哆嗦了一下，这里的夜晚跟北京一样冷。遇到一个黑人哥们儿和我一起转机，他反复找人问候机室和登机门号码，即使电子屏幕上明明清楚地显示了。总会有人比你还不淡定，跟着他们，自己就不用着急了。

出发前，我在网上能查到的有关塞拉利昂的信息都是“旧闻”，对于那边的具体情况与完全不知道只差两个字——基本不知道。在去加纳首都阿克拉的飞机上，遇到一位大哥，曾经在塞拉利昂住过七年之久，我从他那里得到了很多实用信息，比如哪里有中国的医疗队，得了疟疾就要立刻往首都赶。毕竟待的时间久，这位大哥已经把疟疾看得和一到换季就会得的感冒一样普通。我心里还是很不安，因为自己十分招蚊子稀罕，朋友们都亲切地叫我“移动蚊香”，只要有我在身边，朋友们再也不用担心被蚊子咬了。

我还向这位大哥打听了一件传闻，大家都说在非洲有两样东西十分“好使”，过安检遇到麻烦或者想让黑人帮个忙，只要送对方一小瓶风油精或者一小盒清凉油，对方一定十分高兴。大哥说五六年前确实是这样，

但是现在只有money（钱）好使。说话的同时，他还伸出右手的大拇指、食指和中指，来回捻搓。

下飞机时，两位热情的黑人空姐拉住我问bye-bye（再见）用中文怎么说。学会以后，俩人现学现卖，一遍遍跟我说“再见”。真的会再见吗？旅行时每天认识的陌生人是平时生活中接触到的好几倍，可大多数人，我们耗尽今生，也无缘再见。

第二次转机时，遇到五个矿业工人，他们中的四个都是第一次去塞拉利昂，只有“带头大哥”在那边待过半年。“带头大哥”说当地没什么可玩的，无聊得很。他说那里蚊子多得要命，千万不要在天黑后洗澡，否则一定被蚊子咬得浑身是包，被咬了肯定得疟疾，准跑不了。他说得了疟疾浑身那个难受啊，一会儿冷、一会儿热，即使治好了，也会反复发作。他说那里抢劫、盗窃天天发生，物价还贼高。他说来这个国家绝对是你最错的决定。他说……

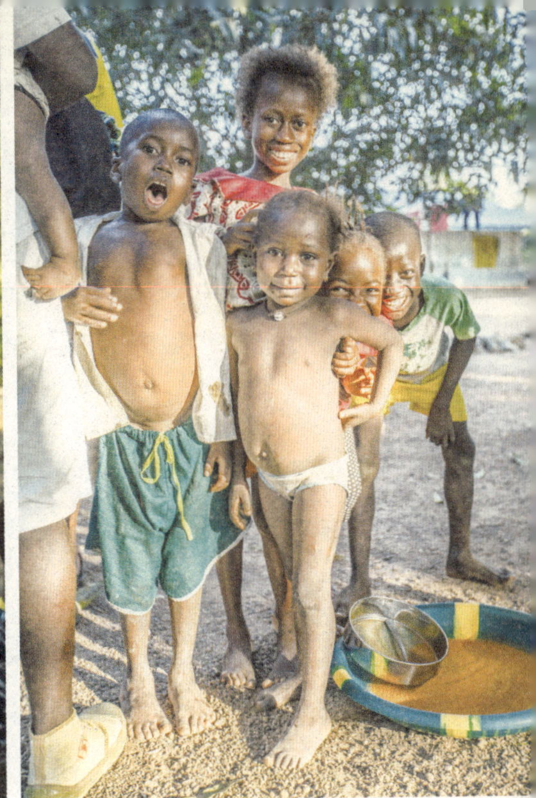

我开始怀疑飞机上那位大哥跟眼前这位说的是同一个地方吗？

四五年前，人们都喜欢去京郊的爨底下村度周末。我听西画老师说，他发现比爨底下还近的地方，有个古村叫灵水举人村，爨底下过度商业化后，文艺青年和文艺中年们都去那里写生了。我找了个周末，背上吃的，坐上可以到达北京西边的地铁。出了地铁站，在等公交时，不断有开黑车的司机过来问我是不是去爨底下。当得到我要去灵水村的答案后，他们都用看神经病的眼神

看我，说那地方穷乡僻壤，在一座破山上，有什么可玩的。后来终于坐上公交车，就连同车的乘客、附近的村民也都说那地方根本不值得一去。可我确实在那个村子里度过了美好的一天，没有吵吵嚷嚷的游客，去哪儿都不用排队。我在村子里随意溜达，不管是古树还是破庙，走到哪儿高兴了，就坐下来写个生，还遇到村民热情地请我吃刚打下来的枣。

幸亏，无论到达的地方究竟是好是坏，都只是“他们说”的，那都是他们嘴里的塞拉利昂而已。我这种人，说难听了是不是叫“不到黄河不死心”？

我的毛病不止“死心眼”这一个，还有盲目乐观。关于旅行的计划只做一少半，一多半都未知岂不是更有趣？订旅店的时候，连着三家旅店的国际长途都打不通，我干脆决定不订了。“带头大哥”得知我没订旅店后，先是咋舌不已，然后告诉了我离码头最近的一家中国人开的旅店。天性盲目

乐观的好处，除了想不起没到来的麻烦，还能获得热心人的帮助，一举两得。干吗非把所有未来的情况都幻想成问题？我们难道还嫌人生中的麻烦不够多吗？

飞往塞拉利昂首都弗里敦的飞机是架小型飞机，机上没有空姐，全是空少。登机时，一个留着山羊胡子的黑人经过我身边，姿势特别正规地作了一个揖，说了声“你好”，脸上还带着调皮的笑容。这让我从那么多可怕的“他们说”中抽离出来，放松了不少。

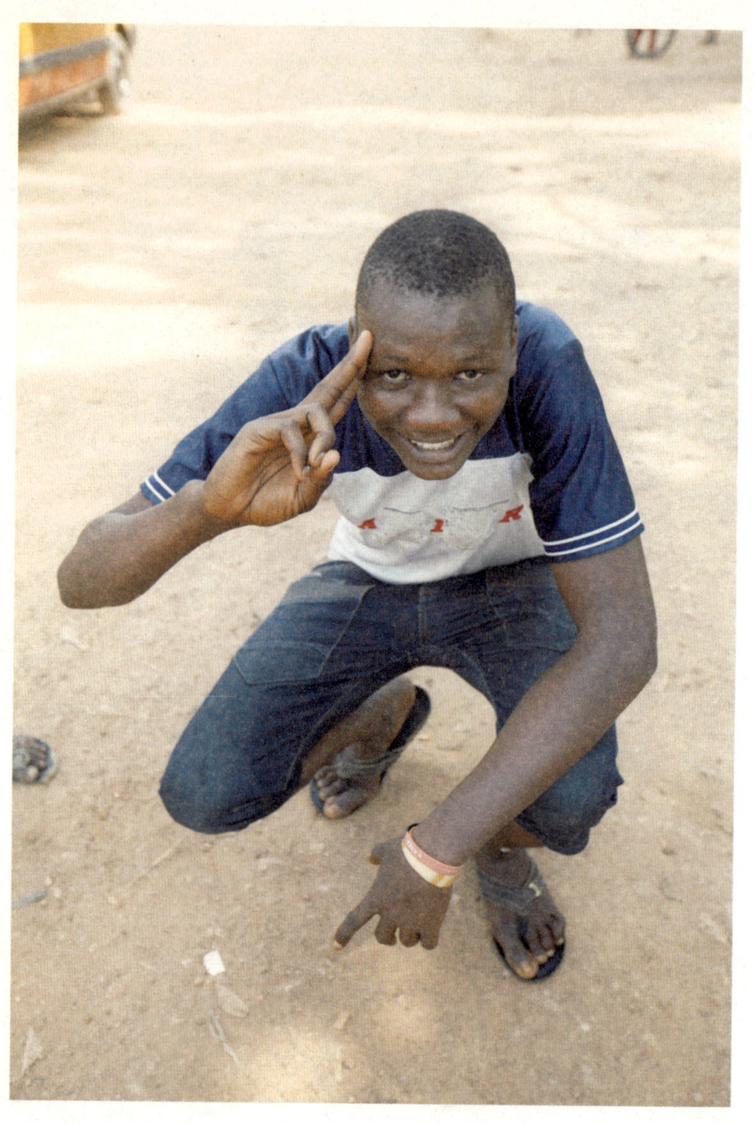

随着转了两次飞机，机上黄皮肤的亚裔人种越来越少，我的心情反而越来越轻松，因为身边的黑人都十分有礼貌，充满善意。

下飞机后，排队等待入境，黑人通过海关都很顺利。到我时，小窗口里的黑人慢条斯理地翻看着我的返签证明和护照。

“你确定到了塞拉利昂能够顺利入境吗？”此时，首都机场边检人员的问题终于重新出现在我脑海里。在我幻想出第十种悲惨结局之前，窗口里的黑人兄弟终于将我的证件看腻了，慢悠悠地在我的护照上盖了入境章。既然入境章都盖好了，看来我的返签证明没有问题，心里的石头落了地。

虽然手续已经办齐全，对方却不打算把护照痛快地还给我。他冲我伸出三个手指，不断来回捻搓着（看来这个表示钞票的手势真是全球通用），嘴里只有一个词不断重复——money。“带头大哥”早就提醒过我，机场的黑人们很喜欢向中国人索要小费，不需要理会。我假装听不懂，露出一脸疑惑的表情。于是这哥们儿开始施展自己的语言天赋，我无论如何想象不到，一个字正腔圆的“钱”字居然从他嘴里蹦了出来。可能是我错愕的表情太狰狞，他冲我使劲儿挤了挤眼睛，就把护照还给了我。

隆基机场建在一个半岛上，若想到达市区，需要先坐车到码头，然后转坐渡轮。在车上坐好后，一个瘦瘦的黑人姑娘站在车下送她的两个朋友上车。一向以黑妞自居的我，在这个西非国度里，变成白得扎眼的人。姑娘跟她的朋友聊了几句以后，就开始直勾勾地看着我。我微笑着回应她的目光。她施施然走到我座位的窗口，靠在车边，柔声介绍自己叫阿佳，说她很喜欢我的眼睛，问我从哪里来。汽车发动时，她伸手在我的手上轻轻握了一下，然后挥手向我告别。

短短相处的这几分钟，让我对这个国家的人充满了好感，即使刚才那个贪婪的海关人员，在我脑海里也被自动过滤得只剩下了狡黠。

码头边有个小小的咖啡馆，里面坐了几个人，悠闲地喝着咖啡，欣赏着大西洋上的夕阳，顺便等船来。

为了体会乘风破浪的感觉，我挑了和船长并排的座位。等待开船的时候，我仔细打量着他，衬衫被他的肤色衬得雪白。船长发现我一直盯着他看，突然转过头冲我猛抛媚眼，吓得我赶紧收回了目光。船员发出乘客已满可以开船的提示后，他立刻收敛笑容，正襟危坐，熟练地操作起来。

远处的弗里敦，仿佛随着船身，在大西洋中上下起伏。市区的灯火伴着夜幕与咸咸的海风，一起扑面而来。

天黑后，船靠了岸。我们按照“带头大哥”的指点，找到那家中国人开的小旅店。他说晚上在弗里敦街头走路十分危险，因为随时可能出现黑人骑摩托车抢劫。所幸，旅店离码头很近，快些走过去，没有什么情况发生。可是每次身后传来摩托车的声音，我都会紧张地回头看。

我和旅店的老板娘丽姐求证当地飞车抢劫是否高发，她说自己和在这儿认识的中国人都没遇到过，但她在集市上曾经被黑人抢过包，她一大声呼救，周围卖东西和买东西的当地人立刻堵住了劫匪，把那人狠狠揍了一顿。她旅店里有过黑人员工偷客人钱的事情发生，被她发现后死不承认，其他员工还互相包庇，都被她开除了。看来当地人和黎叔的价值取向很接近：最烦打劫的，一点儿“技术”含量都没有。

后来的日子里，随着对弗里敦越来越熟悉，我发觉当地治安情况并没有那么糟糕，晚上去小卖部给手机充值，饿了去买烤肉，去黎巴嫩人开的超市，或者跟附近的居民们聊天、唱歌、跳舞，都是很安全的。

自由城里的恐婚族

弗里敦一面朝海，三面环山。11月，正是雨季与旱季交替的时节，夜间还会不时下瓢泼大雨，整夜雷电交加。夜里，我被突如其来的一个炸雷惊醒，然后听着环绕立体声似的隆隆响声直到天亮，这让我深刻体会到为何这个国家虽然没有狮子，却有个“狮子山共和国”的别名。一早醒来，发现路面干燥得与前一天没什么区别，我甚至开始怀疑夜里听到的狮吼般的雷声是自己的一个梦。

清晨，我叫上旅店的杂工Elusine做向导，一同散步去Lumley（拉姆利）海滩。刚走到大街上，就被眼前的景象惊呆了。道路两侧，男男女女、高矮胖瘦，都是晨跑的人！黝黑发亮的皮肤，衬得他们的肌肉线条更加结实。再看看身边的Elusine，明显瘦弱了一些。

走到海边，在一棵大树下，有个棕榈树枝搭成的小酒吧。我一走过去，立刻被热情的当地人围住了，有的过来握手、合影，有的找我聊天。我告诉了大家我的英文名，一个在酒吧做事的姑娘走过来，特地问我中文名怎么念。她学着我的发音重复了一遍，听起来十足像“旅行家”，于是我故意没纠正她。我惊奇于她的名字居然也是阿佳！是不是叫阿佳的姑娘都这么可爱热情？她问可不可以和我做朋友，我说当然可以，然后她就一直拉着我的手不松开了。

日子久了以后，我逐渐感受到，当地人对于肢体接触有着十分敏感的划分。走在马路上时，他们都会小心翼翼地避让对方，争取丝毫不碰触对方，一旦不小心碰到了，会马上say sorry（说对不起）。他们会征求你的意见，如果你确认了和他们是朋友，他们会立刻和你变得很亲密，很喜欢与你有身体上的接触，就像眼前这位热情的姑娘一样。

顽皮的海风拂过我的面颊，故意将一缕发丝挂在了我的唇边，姑娘立刻伸手帮我把头发整理好。几分钟前彼此还是陌生人，一下子变得这么亲密，让我多少有点儿受宠若惊的感觉。陌生人给我们的，哪怕只有一句问候，也是惊喜，只因我们对陌生人常常别无所求。

告别了这群热情的当地人，我和Elusine开始沿着海滩慢慢步行。没走出多久，又被一群踢足球的小伙子围住问东问西，其中一个还拿着卡片相机跟我对拍。我好奇地看着他们身上穿的各色球衣，以及胳膊和腿上黑光锃亮的健硕肌肉，问他们是不是专业球员，他们都说不是。顿悟人家那才叫全民健身，根本不用政府号召，完全自发自觉自愿。当时我就想，黑人兄弟们如此重的肌肉比例，永远甭想在各种水上运动和各种小球运动上占到丝毫便宜，这些项目已经足以让咱们逞强拔份了，干吗非跟人家拼足球啊？咱们用大腿拧人家胳膊，也不一定好使啊。鸡蛋磕在石头上，多疼啊！

海边除了一群群跑步和踢足球的人，就是一群群捡垃圾的人。其实称他们为“铲垃圾的人”会更加贴切，因为垃圾已经多到捡不动，只能用硬纸盒铲成一堆堆的。Elusine说，星期六是他们的清洁日，人们会自发去各处捡垃圾，而且尽量不开车上街。本来我想说他们的环保意识好强哦，但是当地人把随地扔垃圾当作天经地义的事，街上一个垃圾桶都没有，这是要闹哪样？不到处扔垃圾不比扔完再捡省事吗？

周六还是结婚的好日子，不断有挂着粉红色气球的婚车从教堂开向沙滩，将行完礼的新人和观礼的亲朋好友运到沙滩上合影。在沙滩上，比新娘的手捧花更娇美的除了新娘本人外，就是伴娘们。每个伴娘团都由四五个伴娘组成，她们穿着统一款式的礼服，簇拥在一对对幸福的新人周围。淡粉色、桃红色、浅紫色和天蓝色的伴娘礼服被黑色皮肤衬托得更加艳丽。

远处跑来一个穿西装的小男孩，估计是某对新人的花童。小男孩站在我脚边，仰着头冲我咯咯笑个不停，可爱极了。Elusine一直不怎么说话，只是在我有问题时，才开口回答。见到这个孩子，Elusine立刻露出了童真的一面，蹲下来扮各种鬼脸逗他玩。

我问Elusine：“你有孩子吗？”

Elusine说：“我还没结婚。”

“你多大了？”

“24岁。”

“你们一般多大结婚？”

“有的十六七岁就结婚了，有的很大才结。”

我问他“很大”是多大。

他也答不上来。

我只好换了种提问方式："如果一个人到了30多岁还没结婚，他周围的人会不会觉得他很奇怪？"

"不会啊，那是他自己的事。"这次他的回答倒是很干脆。

在这个满眼尽是黝黑皮肤的沙滩上，我脑子里竟然冒出了无数个黄皮肤的形象。他们的形象被深深地刻在了我的脑海里，就算脚下这大西洋的海水也无法冲刷掉分毫。

这些人通常五六十岁上下，每天聚首于天安门西侧的中山公园。他们或蹲或坐，或立或行，每人面前皆有一纸牌，上书有身

高、年龄、公司、职位、月薪、住房面积、户籍所在地等信息。他们时而静待有缘人路过相询，时而主动出击搜寻目标。这不是招聘会，也不是中介所，是中国千千万万父母魂牵梦萦、牵肠挂肚、风雨无阻、喜闻乐见的代替儿女来参加的相亲大会。看会场内外，人头攒动；公园上下，白发济济。最难能可贵的是，该活动无组织无纪律，纯属自发行为，时间地点却十分固定。这里每日都在上演的剧目，叫"皇帝不急太监急"。当参观花展的我误入其中，迅速被五六个大爷大妈包围时，我深刻地感受到，市场是何等地残酷，竞争是何等地激烈，以至于不得不腹黑地联想到万恶的旧社会"卖儿鬻女"的场面。

再想到曾经的发小儿——如今已经结婚生子的孩儿他娘。高跟鞋、短裙、卷发已经从她身上彻底绝迹，头发随便系个疙瘩，总是穿件肥大的灰色T恤，体重和腰围都成了原来的两倍。OMG！这是生了个孩子吗？简直是生了个照妖镜出来嘛！

我就是不承认我有恐婚症。Elusine的回答甚合我意！

我们沿着海岸线越走越远，一直走到了中国城。这个"中国城"的规模并不大，有点儿名不副实，除了超市、赌场、酒店，还有别墅区……只是一些不大的建筑，稀松地散落在与海岸线平行的马路边。

准备回程的时候，我们站在路边等出租车。路边聚集着十几个黑人小伙，个个背着双肩包，有的还推着自行车，都是20岁上下的样子，很像大学生。他们看到我后，冲我叫

着“Chinese”（中国人）。我笑着点点头，他们竟然齐刷刷地给我鼓掌，中间还夹杂着几声“你好”“谢谢”，我被这么热情的阵势惊到了。大概他们把自己会说的中文都说了出来，也不管用在这种情形下合不合适。

受欢迎的感觉真好！

中午回旅店时，我给了Elusine3万利昂（约合人民币42元）小费。除了感谢他的尽职尽责外，也为了弥补昨天他帮我把行李搬上楼，我忘记给小费时，他那

颗失落的幼小心灵。Elusine拿着那3张万元大钞，脸都亮了。

丽姐听说我给了Elusine那么“一大笔”小费，告诉我Elusine每个月的工资只有大概人民币300元。她说幸亏是Elusine，换了别人下午肯定不来干活了，这是我首次听闻当地人“今朝有酒今朝醉”的人生信条。

下午再见到Elusine时，发现他弄了个新发型，我怀疑他是拿着某明星的照片去的理发店。Elusine的头发和大多数黑人一样，十分稀疏，恰恰很适合理成这样。我不吝言辞地赞美了一番。他一边摸着自己的脑袋，一边腼腆地笑了。可他有两大盆衣服要洗，没法再陪我出去了。

独闯没有交通规则的市中心

等出租车的时候，我在路边的杂货铺买了个当地的SIM卡。我惊奇地发现，杂货铺的墙上挂着一个小电视，里面正播着CCTV新闻频道。一脸褶子的杂货铺老板面对我惊讶的表情，轻松地开着玩笑，自称是Chinese boy（中国男孩）。

我打算独自打车去市区转转，顺便找个别的住处。现在住的这家旅店对面是个酒吧，音乐声从每晚7点持续劲爆到第二天凌晨5点。我不得不感慨，他们精力旺盛得可怕。

我打到的这辆出租车，司机看起来也就十八九岁的样子。车的挡风玻璃上爬满了裂缝，几乎快要看不清前方的路了，车内也破得要命，让我怀疑这辆车的岁数比我都大。这么破的车，可爱的司机居然还一脸严肃地让我把安全带系上。他说警察最喜欢罚的就是不系安全带这一条，一次罚50万利昂（约合人民币710元），无论司机还是副驾驶。上了路才知道，这样狠的罚款确实有必要——路破得能把人颠散。

Tailoring & Designing Shop

开过无数的坑坑洞洞，车子几乎是一路蹦到市区的。随着周围建筑越来越密集，人和车也多了起来。在市区，比汽车和摩托车更加普遍的交通工具是“腿”，公共汽车站和路线都很神秘，只有本地人才知道它们在哪儿。同样神秘的，还有交通灯，因为在这个国家，压根儿就没有交通灯。刚想问司机原因，我自己就把问题想明白了。在这个24小时随时停电、没有任何规律且事前没有征兆的国度里，装了交通灯交通才会瘫痪呢。想到这里，对于每次旅店的发电机开始供电时，都能把人吓一跳的轰隆声似乎不那么厌恶了。

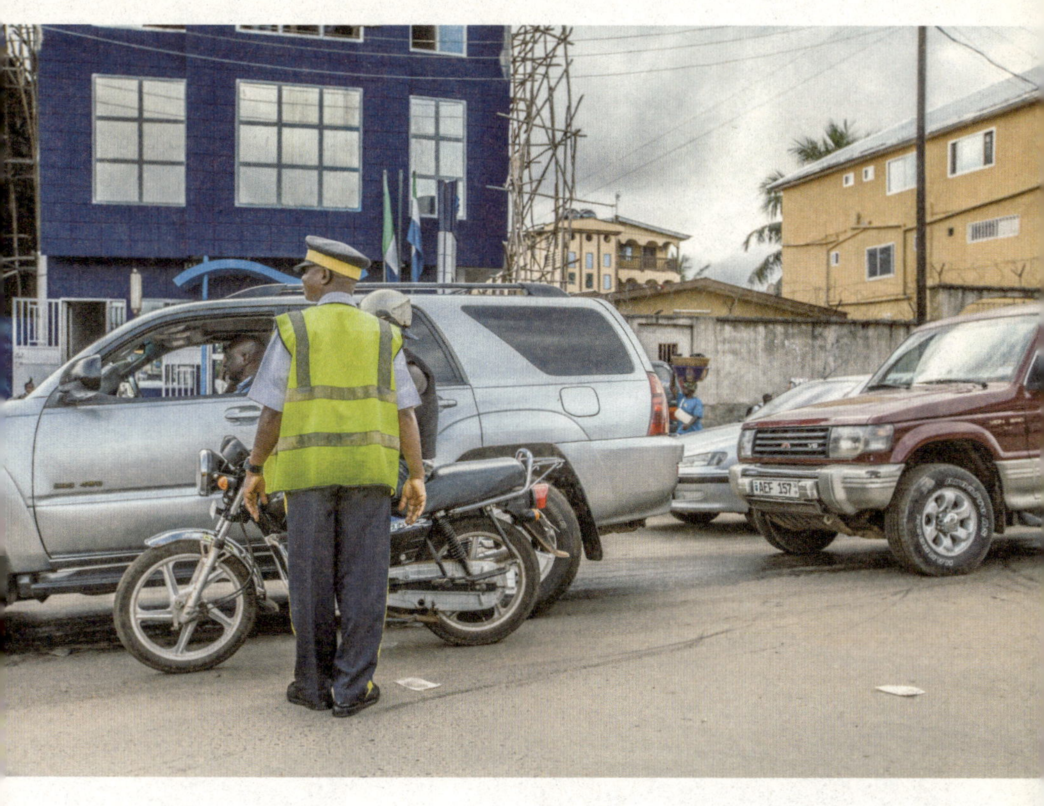

据我细心观察，交警的手势似乎完全凭他自己的喜好比画，没有标准。停车规则嘛，只要不堵住别人家的门口、不妨碍公共交通，停哪儿、停多久，随便你，不会有人过来收费的。

虽然这个国家的交通规则约等于没有，但塞拉利昂绝对是个相当有礼貌、懂得谦让的国度，在街上总能看到司机停下来，主动让行人先过马路，或者在十字路口时，一方司机按几声喇叭，让其他方向的车先行。尽管如此，毕竟缺少秩序，所以在周一到周五的上下班时间里，市中心还是会出现亲切的堵车现象。

NEW
Fanta
Cocktail
Le 350

即使在市中心，6层以上的建筑也很少能见到。虽然塞拉利昂内战已经过去11年时间了，但大街上还可以见到城市被战火摧残后剩下的断壁残垣，焦黑的墙体、布满弹孔的窗子依然触目惊心。曾经住在那些房子中的人们，也许一生从未见过钻石，可他们的家却因那些美丽、邪恶的小东西而不复存在了。说钻石本身邪恶，未免有失公道。物质本身并无善恶之分，只有人的思想才有好歹之别。是太过美丽、稀有就会引发人性中的贪念和占有欲，还是那邪恶的欲望本就生长在人心之中呢？

这座小小的自由城里，最宏伟的建筑要数法庭了，它被建在一棵巨大的木棉树旁。这株木棉树是市中心的地标，拥有超过500岁的树龄。走到树下，你会觉得这棵树好吵，头顶好像有千百张嘴叽叽吱吱地叫个不停。抬头仔细看了以后，谁都会头皮发紧，无数只蝙蝠密密麻麻地倒挂在树上。它们可能是在开运动会，比谁倒立的时间久。

NASSIT HOUSE
africell
africell
africell

法庭一般情况下是不可以进入的，也不可以拍照。但是如果给了警察钱，就能创造出非一般的情况——可以随便进、随便拍照。照完必须赶紧撤，因为其他警察看到，会过来再要一次钱，而且完全不需要任何理由，他们的口头禅是：“Do you want to give me something（你不想给我点什么吗）？”同时，大拇指、食指和中指熟练地来回搓着，几乎要把它们伸到你鼻子下面。

离法庭不远，有个上下两层的大市场，它的名字就叫“大市场（Big Market）”。我曾经去过一个桌游吧，老板养了两条狗，一只哈士奇，名字叫“奇奇”，另一只博美叫“美美”。我以为她是我见过的起名最会偷懒的人，没想到这里的人更会。

大市场一层卖的是各种箩筐、扫把，二楼主要卖手鼓、首饰、箱包、拖鞋、扎染和木雕。本想买些留作纪念或者带回去送朋友，但是东西实在有些让人失望。牛骨手镯挺古朴，但是打磨不光滑，戴的时候会划手；整张蟒蛇皮做的包，内部的做工……呃，我只能说和白沟在上个世

纪出品的不相上下；木雕、手鼓这些太大，我又带不回去。几个锲而不舍地追着我推荐货品的摊主，失望地看我空手而去。

大市场附近就是国家博物馆。我进去参观后，更加失望。除了少数展品有纪念意义外，玻璃柜里展示的扎染、牛骨手镯、木雕几乎和刚刚在大市场里看到的没什么差别。我对讲解员说这里和大市场很像，他居然同意我的说法，那我为何要花钱买门票参观又一个大市场呢？我安慰自己，还是有收获的，至少终于看到了塞拉利昂一位数、两位数和三位数的钞票，甚至还有硬币。战争带给塞拉利昂人民的恶果，除了流离失

所，还有严重的货币贬值。塞拉利昂在经历了11年的内战后，从曾经的度假胜地“西非小巴黎”倒退成如今的基础设施欠缺国，货币也从1利昂兑换几个美元贬值为4400利昂兑换1美元，好在这些并不影响当地的自然风光和人们的热情程度。

往旅馆密集的方向走，人群越来越拥挤。很多头顶着东西的小贩沿街走动，兜售货品，他们都“头功”非凡，脑袋上可以顶任何东西，包括但不仅限于饮料、香蕉、面包、皮带、牛仔裤、墨镜、包、光盘、锁……

在满眼都是与我肤色迥异的人种的陌生街头，只有我一个“老外”，不安感在心底骤然升起。与在海滩时放松惬意的感觉不同，这里人和车都很密集，路边的摊位又多又乱，人与人之间的距离很局促。身边尽是直勾勾看着我、为引起我注意嘴里发出“嘶嘶”声、把货品突然伸到我眼前希望我买下的人，走到哪里都感觉好像有无数双眼睛牢牢地盯着自己，让人浑身不自在。

我还是硬着头皮到两家旅馆看了看房间，条件和我之前住的差不多，公共卫生间，自带发电机。我跟自己说，住在如此的闹市之中，恐怕也没法休息好，而且我开始想念那个看CCTV新闻频道的可爱大叔了。

我站在拥挤的街头，清楚地听见自己喉咙里“咕咚”响了一声。多一秒都没再停留，伸手拦了辆出租车，回到了码头附近的小旅店。

路上我不住暗骂自己：真是越活越抽抽。

享受超级国民待遇

在这个基础设施糟糕的国家挑选住处时，一定要问清楚旅店是否自带发电机。否则，不只夜里要摸黑，手机、相机的电也要断了。在弗里敦的闹市区，有不少黑人开的经济型旅馆，价格公道，通常没有空调，只带电扇，卫生间也是公用的，每天大概5万利昂。沿海有一些不错的旅店，价格稍贵一点点。如果想住高档些的，最好去黎巴嫩人开的酒店，价格从150美元起。有家中国人开的酒店在当地很有名，以塞拉利昂最高的山峰命名，叫“宾图玛尼”，大堂甚至有Wi-Fi覆盖。但这些都不重要，相信我，在这里你绝对会觉得蚊帐比空调、Wi-Fi什么的重要多了。

启程去塞拉利昂之前，我曾给中国驻塞拉利昂大使馆发过一封E-mail，表达了作为一名自由撰稿人，想采访大使先生的意愿。很快我就收到了肯定的答复，信中不仅有大使的办公时间，还附上了负责人的联系电话。

我乘坐的航班是在一个周五的傍晚抵达弗里敦的。我在丽姐开的小旅店，忍受着时差的煎熬，伴着劲爆的音乐，度过了三个无法入眠的夜晚后，终于挨到了周一，可以去采访大使旷伟霖先生了。

大使馆在离弗里敦最近的一座山的山腰上。从小旅店打车过去，车子依然需要经过无数的坑洞，穿过市中心蹦到山上。

使馆的看门人Bangula是个十分活泼可爱的大叔。当他见到新面孔的“白人”时，兴奋之感尽显无遗。他指指自己T恤上的“中塞友谊”四个字，问我可不可以合个影。我也正有此意，红色的T恤和大叔的性格好相配。

合完影，大叔将我领进门。使馆内种了很多种绿色植物，曲径通幽，比外面凉爽了很多。

见到西装革履的旷先生，我顿觉有些失礼。为了压缩行李，我带的衣服都属轻便休闲类的。幸好旷先生不以为意。

我问了旷先生一些塞拉利昂的基本情况。塞拉利昂的国土面积是71740平方千米，只比两个海南岛大一点儿。首都弗里敦的面积只有整个塞拉利昂的1/200，却承受着全国1/5人口的压力。内战时期，农村人口大量涌入城市。战争结束后，他们不愿回到已经被毁的家乡，滞留在首都，大多数年轻人无所事事，只能靠做些小买卖和兑换美元勉强生活。失业率高达70%，令人咋舌。长达11年的塞拉利昂内战共造成20多万人死亡。在2013年联合国开发计划署发布的人类发展指数排名中，塞拉利昂排名倒数第10。

塞拉利昂的酋长制很有意思，全国有大大小小上千个酋长，大酋长约有100多个。有些大酋长的领地里有钻石矿或者金矿，这种酋长就会富得流油；而那些小酋长，领地面积小得可怜，除了野草，什么都不长，这种酋长的经济状况和平民没啥区别，只是徒有头衔而已。在所属的领地中，酋长的权力非同一般，对国家的治理作用影响很大。酋长不只有男性，还有女性。无论男女，他们都十分受人尊敬。这种酋长制有点儿像美联邦，只是各方面制度还不够成熟。

一百多年前，黎巴嫩人来到这里。内战前定居于此的黎巴嫩人已达1万多，现在大概只剩下一半。他们在这里的生意做得风生水起，餐饮、零售、矿产、酒店等行业多有涉足。黎巴嫩人有不少选择与当地人通婚。我可以在大街上轻易分辨出黎巴嫩人与当地人混血的后代，他们的皮肤呈现接近于印度人的棕色，眼睛大而有神，鼻梁高而挺，鼻尖下勾，头发浓密而卷曲，混在当地小眼睛、塌鼻梁的人中十分醒目。

十多年前，有嫁给黎巴嫩人的中国女人，随丈夫来到这里，塞拉利昂的中国人才逐渐多了起来。如今，塞拉利昂的矿产、渔业、制糖、木材、酒店、餐饮、零售等行业均已有中国人的参与。正在建设中的博城体育场也是中国援建的。

我问旷先生，在这里久了会不会特别想家。旷先生说，这里上网很慢，相对于物质方面的想念，电影、书籍、音乐这些精神层面的想念更加强烈。

旷先生对我的"职业"同样很感兴趣。他说起了远在美国的好友托马斯·弗里德曼——那位三次获得普利策奖的

《纽约时报》专栏作家、畅销书《世界是平的》的作者——他的独特视角皆来源于旅行。我们越来越多地透过网络了解世界，但网络信息不能代表一切，我们需要亲自去体验这个世界的变化。“gap year”（间隔年）的概念终于在中国兴起，是件值得庆祝的事情。美国和欧洲的经济发展领先于全球，所以大家对这些地方都很关注，可对欧美的认识并不能代替对整个世界的认识。我们如何看待生活、看待自己，都基于对世界全面的了解。

也许是我的黑眼圈已经赶上了大熊猫，旷先生对我格外关怀，问我住在哪里。我老实不客气地述说了每天夜里所经受的折磨，于是旷先生把我介绍到了一家中资糖厂的招待所。

在糖厂招待所，我和员工一起吃饭，遇到了糖厂的杨总，我们聊了聊各自去过的地方，相谈甚欢。于是，我又有了车和司机。

在远离国土万里的西非，我竟然有种享受超级国民待遇的感觉，自己躲在屋里乐了半天。

“二桃杀三士”

喜欢每一片海，因为海是最能寄托浪漫的地方。漂泊、流浪、远航、扬帆……所有跟浪漫有关的事情都离不开大海。那是一种高山、草原、峡谷、湖泊都无法替代的情怀。为了让海的浪漫气息多熏陶一下内陆长大的我，一有时间我就会去海滩，边散步、边尽情地胡思乱想。

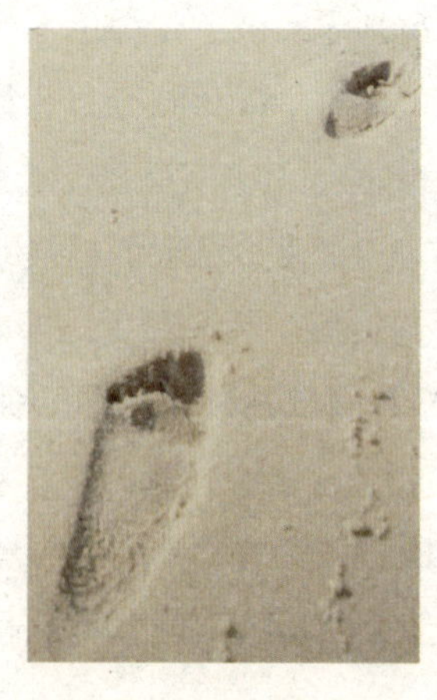

忘了哪里看到的一句话："When the student is ready, the teacher appears." 学生准备好了，老师自然出现。生活不一定把戏剧化的人生转折摆在你面前。如果你准备好了一颗敏感的心，生活中随时随地都能出现可以启发你的老师，老师的形态可能会千奇百异，有可能只是一阵风或是一缕阳光，就看你能不能体察到他的存在。

我呆立在海边，看着海浪一次次上涌。随着涨潮，海水一步步紧逼，裹挟着一拨拨金黄色的沙子，还未来得及细看，海浪又已裹挟着沙子匆匆退回海中。

一瞬间，终于明白为何人们喜欢将时间比作潮水——它带来的东西，也终将带走。无论脚下踏得多么用力，脚下的沙也会被浪掏空。

剥去文艺女青年的壳，我的本质还是一枚资深女汉子。除了金庸的武侠小说外，有一段时间，我还很迷科幻小说。曾经囫囵吞枣地看了不少，现在却连很多小说的名字都忘记了，唯独记住了里面关于另一些生命形式的描写。我记得有一本科幻小说，描写外星人的样子像一只只超大的蚂蚁，他们不理解人类语言中的“你”“我”“他”，因为他们的语言里只有

“你们”“我们”和“他们”。没有个人，只有集体的意识使得他们极度团结、强大，毫无纷争、嫉妒和私欲。而另一本科幻小说中，一个大富翁拥有世界上所有的东西，却缺少自己，他为了寻求自由和真正的快乐，为了找回他自己，放弃了人的生活，宁愿成为一枚螺。因为他相信“个体生活优于群体生活，个体生活永远没有纷扰，因为每一个个体，根本不知道有别的，个体和个体之间没有任何关系，一切纠纷就完全没有了”！帮助富翁转变生命形式的外星人，对地球上人类的生存模式十分不解：“你们最叫人不明白的一点，是根本不让一个人自愿选择他自己喜欢的生活，而用许多名词，例如社会、道德等，去强迫一个人做他不愿做的事，过他不愿过的日子！”而他们星球上“每一个人，是他自己，完全不受别人的影响，自己就是自己。地球海洋中的大多数贝类生物，就是以每一个个体生存的，根本不和其他个体发生关系，从生到死，自己就是自己，没有社会，没有法律，没有任何约束！……你们每一个人，都没有自己，你，你有自己吗？或许你们已经习惯了没有自己的生活，你们每一个人，和其他许多人，发生千丝万缕的关系，没有一种关系是可以缺少的，你们就生活在这种关系之中，在这许许多多、千丝万缕的群体关系之中，自己消失了，你不但没有自己，甚至不知道什么是自己！”

我们既无法做到彻底地抛却个体，以集体的利益为尊，又无法完全拥有独立的个体。自私却没有自己，这就是可怜的地球人。

就在我踯躅的这片海滩上，有许多活的贝类。每当海水涌过，它们都从自己的壳里伸出肉肉的触角，让自己陷进沙子。它们是否没有语言，从不沟通？它们独自生活不孤独吗？难道自由只能与孤独共存吗？

我们每个人都与别人有着许许多多的联系，我们是一个群体，所以我们不自由，可同时我们也没能摆脱孤独。也许我们能做到的，只是在宇宙中做一个并不孤独的群体。而作为个体的孤独，将伴随我们一生。

我手里托着几个三角形的贝壳，怔怔地出神。突然跑过来四五个小朋友，每个人的头上都顶着一个托盘，他们叽叽喳喳，争着问我想买些什么东西吗。我一看他们的托盘，不禁笑了。一个个包得那么严实，我都看不出来卖的是什么。想跟姐姐我搭讪就直说嘛。

小朋友们看我手里拿着贝壳，也都蹲下来捡。每人都捡了一把，像献宝似的捧到我面前。我摇摇头，说自己手里这几个足够

了。他们都很失望，把贝壳又都抛回了海里。我辜负了孩子们的美意，决定陪他们玩一会儿以作补偿。于是开始表演用脚在沙滩上画画，然后让他们猜我画的是什么。

我绞尽脑汁，在沙滩上画了一堆蝴蝶、小猫、小狗、小猪、鸡、鸭、鱼以后，小朋友们终于散去，估计是今天的任务还没完成，接着卖东西去了。

有时，我也会和陆洋一起去海滩拍些素材。“白人”拿着相机出现在海滩上，绝对会立刻被众人包围，他们中的大多数都热情、单纯地表现出自己的好奇心，或踊跃地成为相机拍摄的主角。不过，再多善良的人，也妨碍不了“失足青年”捞好处的积极性。

在一个随手拍海滩的日子里，我和陆洋经过一间小酒吧。门口散坐的几个年轻人纷纷热情地跟我们打招呼，在镜头前摆各种pose。其中有三个哥们儿格外热情，把在长椅上坐着的人都挤开，挨着我坐下，拍着我的肩膀，一再邀请我们去喝几杯。这哥儿仨看起来也就二十出头，都穿着肥大的T恤和松松垮垮的牛仔裤，头上歪戴着嘻哈帽，脖子上挂着粗得能让人得颈椎病的大金链子。如果忽略掉他们每人手里拎着的啤酒瓶子，仨人的造型倒是挺像一个Hip-Hop组合。

可能刚刚的亲切握手及会谈，还不足以满足他们热情的小心脏。我们继续沿着海滩前行时，三个嘻哈青年都跟了过来，并且没忘记提上他们喝到一半的啤酒。他们不只紧紧尾随我们，还不停地对我们说着：“在这里，你们可以尽情享受海滩、随意地拍照，随你们怎么喜欢都可以。”那口气好像他们仨是“罩着”整个海滩的大哥似的。值得庆幸的是，他们并没有阻挠我们拍照，只是跟着我们，不时跳出来充充地头蛇，我俩也就没对他们产生太多的反感。

当我们结束拍摄，走到马路上打车时，他们开始向我们要钱。三人中最矮的那个，明显是头儿，说话特别有涵养，既

没说要保护费，也没说缺酒钱，而是说陪了我们一路，渴了，需要钱买水喝。

刚开始我们都用最保险的办法——装听不懂。但是出租车特别不给力，半天打不到。两个小喽啰重复了好几次他们头儿的话，我们再装听不懂自己都有点儿装不下去了。

为了摆脱他们的纠缠，比我心软的陆洋从兜里掏出两张钞票。我在他把钱递过去的瞬间，看出那两张钞票恰好是两千利昂。其中一个小喽啰见到钞票就把头儿抛在了脑后，抢着接了过去。能坐到头儿的位置当然不是那么好糊弄的，他转身去夺钱，百忙之中还不忘回头跟我们说，这些钱太少了，不够他们仨分的。小喽啰拿着钱，似乎心里有了底，也不怎么把头儿放在眼里了，扭头就要撤。连钱都没摸到一下的另一个小喽啰早就不淡定了，迅速加入争抢那两千利昂的队伍。仨人为了抢那两千块钱，当时差点儿就打起来。此时，正好出租车来了，我俩迅速钻到车里，绝尘而去。

我从反光镜里，观察着他们仨在路边来回抢夺和推搡，心里默默帮他们算了笔账。三个人要想平均分两千块钱，每个人是666块，不过在这个连50块钱都被做成硬币的国家里，要想分得“公平”，恐怕只有打一架了。在出租车上，我猛夸陆洋此招实在是高，颇有些“二桃杀三士”的感觉啊。他们光顾着内讧，就没空理咱们了。你是什么时候想到如此狡诈、高明、不露痕迹的计谋的？

听够了我的赞美以后，陆洋才慢条斯理、一脸无辜地说，其实是我兜里正好只有这么多了。

每到傍晚，海滩上都会聚集着许多年轻人。白天寂静异常的海边小酒吧，也会变得热闹非凡。撩拨人心的音乐伴着人声缓缓飘出酒吧。比起酒吧的茅草屋顶，大多数人更愿意沐浴在星光下。人们或坐或卧，尽情享受海风轻柔的抚摸。

在浪漫的海边生长的人们自然也是浪漫的，他们通常都对舞蹈这种功夫无师自通。想见识一下这里人们的舞功究竟如何，于是打算来个抛砖引玉。我当然没有砖，但我知道陆洋乃舞林高手，于是反复撺掇他在沙滩上跳段舞。在各种溢美之词的忽悠下，陆洋来了段他最拿手的popping，我也算终于把他这块砖成功地抛了出去。

人们像飞蛾见到火光般迅速地聚拢过来。起初，他们只是围着陆洋鼓掌叫好。接着，他们纷纷不甘寂寞，展示起自己的舞术功底。海滩很快变成了一个超级大舞池。塞拉利昂最好的大学里也没有艺术系，可是随音乐起舞的能力，人人都拥有。

陆洋负责用舞功进行国际交流，我则负责回答周围人的各种提问。问题归结起来无非是我们从哪儿来、做什么工作、在这里待多久、喜不喜欢这里。其中有个哥们儿的问题特有创意，他问："你们是一个组合吗？"然后指指陆洋，说，"他跳舞，你唱歌？"我被他逗得笑了估摸有五分钟。待得调整好气息，我从容不迫地对着大海嚎了一首《大海》。周围的人不仅特别捧场地跟着节奏来回晃动着身体，还在我的演唱结束时热烈鼓掌。能够有如此反响，我始料未及。我十分后悔没有戴帽子出去，不然，这时候拿着帽子绕场走一周，肯定能把当天的路费赚出来。

汗流浃背功夫梦

孔子学院的刘院长第二天要飞回国内，参加一年一度的孔子学院大会。早上，他从储水箱中舀出水，顺便检查了一下水箱的存水量。用这些水洗漱完毕后，他和老师们一起吃了早餐。

从教师宿舍到弗拉湾学院校区大概需要20分钟颠簸的车程，黑人司机熟练地将车停在孔子学院所在大楼的楼前。

刘院长快步走上二楼，快到办公室时，却放缓了步伐。办公室的门竟然开着，锁是好的，没有被撬开的痕迹。步入办公室时，他瞪大了眼睛，难以置信眼前的景象——原来放小冰箱的地方空空如也，窗户大开着，一条绳索垂到地面。所幸的是，除了冰箱，设备齐全的办公室，和前一天傍晚离开时一样，没有一张纸片移动了位置。刘院长感叹这位小偷盗亦有道，没有一次性掏空，也不乱翻人家东西。看来办公室除了需要换门锁，还有装护窗栏的必要。

对于这起偷盗事件仍未察觉的保安，带着一个陌生人打断了刘院长的思考。这个陌生人就是我。

在塞拉利昂，即使是路边卖糖果、饮料的小贩，也能用英语流畅沟通。当然，前提是你已经习惯了他们独特的非洲口音。他们很喜欢用重复形容词的方式表达程度，比如形容自己的国家，他们会说“Too small small”；你问他们卖的水果怎么样，他们会伸出大拇指说“So good good”（发音像是“故大故大”）。

塞拉利昂的英文普及率如此之高，除了它曾经是英国殖民地外，很大一部分原因在于一个叫Kriol（克里奥）的小部落。塞拉利昂虽然面积不大，却有大大小小18个部落，每个部落都有自己的语言，其中最小的一个就是克里奥。克里奥人是他们之中最聪明的。如今，塞拉利昂大多数的学者、医生几乎都是克里奥人。几个世纪以前，他们中的一部分被当作黑奴贩卖到欧洲，这些人的后代又回到塞拉利昂，将学到的英语、法语和葡萄牙语与原始土语结合，创造出克里奥语，并创造出相应的文字。其他土语皆是只有语言而没有文字。在塞拉利昂，克里奥语相当于咱们的普通话，每个部落的人都会说。克里奥语不是一种纯粹的语言，它的词汇70%来自英语，这使得塞拉利昂人民学起英语来如鱼得水。

有意思的是，克里奥语虽然充斥着大量英文单词，有些表达却很chinglish（中式英语），比如How is your body(你身体好吗)？Sleep fine(睡得好吗)？这两句都是当地人常说的问候语。

由于周围的国家有不少曾经是法国殖民地，比如几内亚、马里，他们的官方语言都是法语，为了加强与邻国的交流，塞拉利昂也很重视法语的学习。在塞拉利昂的教育系统中，语文课学英语，外语课学法语。当地语言环境的复杂，造就了他们极好的语言天赋。不到一年的时间，在大学选修中文的学生们，几乎都可以用汉语进行简单的交流，甚至会背唐诗、说俏皮话。

塞拉利昂最好的大学——弗拉湾学院是西非最古老的大学，始建立于1827年，比北大还要早半个多世纪。2002年，弗拉湾学院和其他几所学院合并为塞拉利昂大学。如今，塞拉利昂的精英阶层几乎都出自该大学。让我最感兴趣的是，这里在前年刚刚建成了一所孔子学院。在Lumley海边遇到的那些会说简单汉语词汇的小伙子，我猜想，多半就是弗拉湾学院的。

清晨，我站在旅店的阳台上，对着退潮的海滩发呆，突然决定去看看这所塞拉利昂最顶尖的学府。

出租车将我放在一座教学楼前，我刚从出租车上下来，就遇到一名保安大叔，他一见到我这个“白人”，一句话没问，拉着我直奔二楼孔子学院院长办公室。如果我晚来一天，就会与回国参会的刘院长错过了。有时，没什么计划的漫游，却总能赶上合适的日子。

现在，我已经坐在院长办公室里两个小时了。在与刘院长的交谈中，我像参加了一次知识派对，脑中原本扁平的塞拉利昂，变得立体起来。

正在我和刘院长聊天的时候，走进来一个又高又瘦的学生。刘院长说他是弗拉湾学院里第一个写关于中文论文的学生，同时是社团“汉语学会”的会长。他有些许傲娇[1]地说，自己有一个中文名字，叫“高智”。

对面正在上课的一个教室里，坐满了高智的学弟学妹们，他们的水平还停留在问好阶段。课堂气氛活跃极了，他们很喜欢提问。也许，给老师打岔是治疗课堂习惯性瞌睡症的最好方法吧。这是整座校园里唯一一间拥有水磨玻璃黑板的教室，墙上挂着红色的中国结、脸谱面具、风筝和大熊猫的照片，中国风十足。

[1] 网络用语，意思是：平常说话带刺，态度强硬高傲，在一定条件下也会害羞、撒娇。

还记得上大学时，曾与室友立下过吃遍世界各大学食堂的宏伟志愿，可是环顾这座塞拉利昂最好的大学，竟然找不到食堂的踪影。校园里只有一家提供简餐的小咖啡馆，鲜有顾客。有零花钱的学生，偶尔向小贩买些煮花生吃，其他学生和教师的午饭基本靠脑补，课程表上干脆没有午饭和午休的时间。

整座弗拉湾学院坐落在Aureol山的山顶上，从市区去校区的交通工具只有“11路”和出租车。我来的时候选择了后者，我可不想在三十八九摄氏度的高温下，还没到目的地先被晒晕倒在路上。学生们就没有那么舒坦了，大学里没有宿舍，除了少数家里有钱、舍得在山脚下攒够四人同坐一辆出租车，以及家里有车的学生外，他们中的大多数都需要每天走三四个小时上下山。

走山路，还饿着肚子上一整天课，积极提问，不打瞌睡，这真真是一所满眼尽是学霸的大学！

学院里最气派的建筑叫肯尼迪大楼，在10年没有盖新教学楼的校区里，它的破败程度明显略逊于其他建筑，但它的楼道和其他楼的一样，漆黑一片，所有厕所都被上了锁。4月时，同在一座山上的美国大使馆修路，不慎把电缆和水管挖断了，之后是连绵半年的雨季，无法修复。

为了解决用水问题，孔子学院的教师在宿舍外建有一个储水箱。每隔几天，刘院长都会雇当地人从山下打水，用小推车推上山，将水箱注满，这些水将作为7个人的生活用水。这7人全部来自赣州师范学院，除刘院长外，3个是老师，3个是志愿者。志愿者里有文有武，主要教弗拉湾附属小学的学生。下午，刚好其中一个志愿者珊珊在附小有一节体育课。于是，在我的热切期盼下，她带着我一起去感受了非洲烈日下的五行拳。

弗拉湾附小位于后山，从教师宿舍出发，同样需要20分钟的车程。

所谓的学校操场，不过是校舍后面，一块草长得比较矮的土地。当珊珊穿着一袭黄色的太极服，出现在30多个高年级学生面前时，他们依然打打闹闹。整队整了10分钟，仍旧看不出任何队形。好在学生们的“耐旱力”十分之强，顶着炎炎烈日，竟然没有人嚷着要水喝。我早瞄好了离操场最近的一棵大树，躲在树影里，抱着我的水瓶不撒手。

在经历了慢跑和准备运动后，“队形”更加惨不忍睹，

好在他们的运动服分成红、黄、蓝、绿四个颜色，可以看出队形中的行，只是还没有形成列。男生和女生的运动短裤颜色也不同，同学们脚上大都穿着校服的“标配”黑皮鞋，有的干脆光着脚。我站得累了，想坐在一块树荫里的石头上歇歇脚，屁股刚碰到石头，就立马被烫得弹了起来。我不得不一再望向光脚的同学们，眼光里充满了钦佩。再想想奥运会上那些光着脚的马拉松运动员，果然是赤足奔跑也要从小训练。即使我拥有一双穿高跟鞋磨出厚厚茧子的双脚，也不敢轻易尝试赤足，更何况是赤足奔跑。

在被烈日烘烤得热气腾腾的操场上，珊珊一丝不苟地展示着五行拳的每一个分解动作，小家伙们模仿得东倒西歪，个个把自己逗得前仰后合。我被如此欢乐的气氛勾引，鼓起勇气放下水瓶，走出树荫，加入到打拳的行列中。不到5分钟，我已汗流浃背，只剩下吐舌头的力气。珊珊的太极服也早被汗水浸透了。

珊珊说，基本一节课就能学会的五行拳，他们每次上课都像是第一次练，以至于整整一个学期只学这一套拳。我一边抹着脖子上的汗，一边安慰珊珊，这么热的天，谁还有心思记拳法啊，能老实上课，不跑到树荫底下偷懒，已经很不容易了。

令我愤慨不已的是，孩子们每个人都有三套校服，一套常服、一套礼服和一套运动服。男生的常服是衬衫，女生的是A字连衣裙；男生的礼服是西服、领带，女生的礼服竟然是毛呢的鱼尾裙和贝雷帽，还包括中筒袜和皮鞋。对了，塞拉利昂也实行九年义务教育。

同样是九年义务教育，再想想自己学生时代的校服，那才叫作惨不忍睹呢。他们每人怎么可以有三套校服？真是既浪费面料，又不够艰苦朴素，我心里一点儿都不羡慕，真的，只剩下浓到化不开的嫉妒。兴许是衣与食不可兼得，咱们既然“足食”了，就不能“丰衣”；他们无法“足食”，就用“丰衣”来弥补一下吧。

小学里也没有食堂，甚至连最受全世界小朋友欢迎的小卖部都没有。门口也看不到卖各种小玩意儿的老太太和她们推着的小车儿。小学下午两点多就放学，理由竟然是，呃……孩子太小，饿不了一天。这些孩子放学后除了去孔子学院教师宿舍的后院偷番石榴吃，几乎没有其他娱乐活动。这直接导致了刘院长雇的保安自备了武器——弹弓。他会一边用地下捡的小石头子儿崩那些穿着校服的“小偷”，一边大声地宣称这些水果的领属权是他的，只不过他的宣称也不怎么符合事实：“It′s mine!All mine!（是我的！都是我的！）”

回去的途中，我们遇见了保安的妻子，她正坐在地上准备全家每天唯一的一顿饭。

再次回到弗拉湾校园时，遇到一个当地人用相当流利的中文，向我询问孔子学院的位置。我注意到他别在西服上的胸针，是中国和塞拉利昂两国的国旗，猜测他应该经常去中国。他看出了我对他的好奇，把自己的中文名片递给我。果然，他受雇于一家中国的建筑公司。这位中国公司的塞拉利昂雇员Philip已经拥有HSK（汉语水平考试）5级的水平，目前想考6级，需要去孔子学院询问相关信息。

在校园里闲逛的时候，一位亚裔女性的身影闯入我的视线，她大概30岁左右，长得很白，戴着一顶大大的草帽。她用手扶着帽檐，轻盈得几乎是蹦到我面前的，劈头盖脸地说了一通韩语。虽然我一句没听懂，但还是听她讲完后，才用英语说我是中国人。她的脸上并没有出现我预料的失望，反而很开心地说了仅会的几句汉语。她是来这里传教的，住在阿里郎旅馆。这家韩国人开的旅馆和我住的小旅店在同一条街上，难怪经常有韩国人到我住的那家旅店吃中国菜。

我被她领去了阿里郎。做梦也没想到，在非洲竟然吃了顿正宗的韩式烤肉。阿里郎的老板是韩国人，老板娘是东北的朝鲜族人，无论说汉语、韩语，还是英语，听起来都差不多。店里养了只不停流鼻涕的小鹿，像宠物狗一样到处乱窜。

大热的天儿，又是打拳，又是吃烤肉，这绝对是我有史以来出汗最多的一天。

难以下咽的美食

东华指着墙上贴的大幅塞拉利昂地图说，有没有觉得这个国家的形状就像一颗巨大的钻石？弗里敦正好在钻石腰部的位置，今天我带你们顺着钻石的腰，一路向东，到钻石区科诺去！

两位女士立马不淡定了。

“哟吼！”我没矜持住，欢呼了起来。据说内战时期，科诺曾是反政府武装“革命联合阵线”的指挥部，同时也是《血钻》那部电影里渔夫所罗门发现巨型粉钻的地方。

博文也没hold住，双眼放光地说，我听说科诺有上千家钻石店！我早就想去看看了！

博文住在我隔壁，而东华是她的老乡。由于大家年龄相仿，又是他乡遇国人，自然很快熟络了起来。东华在科诺附近开采一座金矿，他每隔一段时间都要从弗里敦下到矿区检查进度，这次顺便载上我、博文和陆洋，奔赴血钻之地——科诺。

东华找来黑人司机Gallo开车，他说去科诺的路他开得最熟，大概6个小时就能到，那条路一般人开不了。换了别人的话，一整天也开不到。

我们开过弗里敦热闹的市中心和集市，经过一家中国人开的超市，下去买些吃的，准备路上吃。我发现超市的货架上居然还有包菜、茄子、豆角……各种蔬菜的种子。收银员是个“90后”中国小姑娘。我借结账跟她攀谈起来，她说自己刚来几个月，要干满两年才能回国。我问她为什么超市也卖种子，她说中国人教会了这里的黑人种植各种蔬菜，也有不少中国人喜欢在单位或是自家开的旅馆院子里种点菜。

AHP 375

出了弗里敦，路面不再拥堵。我们都觉得东华有点儿言过其实。从弗里敦到马克尼一路坦途，就算是刚拿驾照的新手开，也没什么大问题。Gallo在车里放起了中国音乐，全是老掉牙的歌曲，有的甚至我都没听过。我们的聊天内容很容易就成了这个国家盛产的钻石和因此而起的内战。Gallo说他从来没见过钻石，只记得小时候，父亲带着自己坐独木舟过海，逃难到几内亚，差点儿淹死在海里，从此再也不肯坐独木舟了。当时，我对坐独木舟渡海完全没有概念，不知道这有什么好怕的。几天后，我们去香蕉群岛的时候，也体验了一把，之后我便完全认同了Gallo父子俩的想法，再也不敢坐独木舟了。

有一段路，很久没有其他车辆经过。看着窗外掠过的茂密的树丛和蓝天白云，有那么一瞬间，我甚至忘了自己正驰骋在非洲这片大陆上。这世界上每一处的风景本就没什么不同，只是因为看它的人不同而不同。

PRADO
AFX
779

烈日炎炎，晒得柏油马路滚烫，好像随时会化掉。我们这四个神经病却躺在公路上、站在车顶上，尽情地拍照、嬉闹，甚至故意不坐车，背着包下车徒步了一段路。那跟随着每个人的热浪，像一根根看不见的线，将远处的路和树变成了会跳舞的木偶。

在进入北方省后，经过一个检查站。每个乘客都要下车，拿着自己的护照，走进路旁的检查站接受登记。所谓的检查站，不过是个茅草搭的小棚子。我穿着背心都嫌热，检查站里的工作人员竟然穿着一整身西装，还一丝不苟地打着领带。可能是受曾经的殖民者英国影响，塞拉利昂的政府、军队、学校、银行等系统的人员都礼节周全，十分注重穿着。在排队等待登记的时候，我和东华说起这个发现。他说中国人在穿着这方面确实不如人家重视，还闹过笑话，他的一个员工曾经穿着牛仔裤去政府大楼办事，被工作人员拦下，被要求换了正装再进入。

在好路的尽头，是个只有十几户人家的小村子。Gallo说饿了，想吃午饭，让我们等一下。我、博文

和陆洋都很好奇，跟着Gallo下车，看他吃些什么。Gallo进的这家“小饭馆”（其实就是个茅棚），似乎是村里唯一的一家饭馆。老板娘把米饭盛在搪瓷的盘子里，从锅里捞出一个炸鸡腿放在米饭上，又从另一口大锅中，舀了一大勺橘黄色的汤汁浇在鸡腿和米饭上，汤汁里还掺杂着墨绿色的碎屑。一盘非洲“盖浇饭”就这样迅速地做好了。

看着Gallo狼吞虎咽的样子，博文咽了咽口水说，干脆一起尝尝当地的饭。我们走回车里拿包时，被东华拦下，他说住的地方有黑人厨娘，已经给我们准备了地地道道的当地饭。这里卫生条件太差，怕我们吃了会生病。更重要的是，出了这个村子，就没有好路了，即使吃下去，也会被颠出来。何苦现在浪费力气

吃饭，待会儿再费力气吐出来呢？

我张望了一下村尾那个几乎霸占了整条路的大水坑，又咽了一下口水，决定相信东华的话。

在等Gallo的时候，陆洋拍了张树上的鸟窝照片，居然有个女人从树旁的屋里走出来向我们要钱。对于这种无理的要求，一般只有一个解决办法——装聋作哑。我们像什么都没发生一样，望着天儿走回车子附近，发现车子已经被十几个老人、小孩包围，每个人都冲车里的东华伸手要钱。发现有人走到车边，其中几个乞讨者立刻将注意力转向了我们，东华赶紧按下车窗玻璃，告诉我们千万不要给钱，不然马上会出现更多的乞讨者，到时候就走不了了。好在Gallo很快吃完饭回到车里，乞讨者们眼见没了希望，便各自散去。

再次开上了去科诺的“路”，这段“路”之所以要加引号，是因为它只能勉强算作路。我对路的理解是，首先它应该是平的，其次是干的，但这两条它都不符合。各种奇形怪状的石头和大大小小的水坑散布在“路”的中央。如果看到有一阵黄土如烟如雾般掠过，那是对面有辆车刚刚经过。Gallo关掉了音乐，也不再和我们聊天，全神贯注地开车，但是丝毫没有降低车速！他用160迈的速度躲闪着尖利的石头和不知深浅的水洼，

躲避迎面而来同样速度的车子，同时还控制住了车子，没有翻进路旁的丛林里。就这样的路况，居然有位黑人兄弟悠闲地坐在一辆小巴的车顶上。

坐在后排的我、博文和陆洋，都悄悄地系上了安全带。东华说要是在雨季，这条路更没法走。他是走惯了这条路的，不停地说着自己在塞拉利昂的见闻，以缓解我们的紧张情绪。他说在矿区附近的村子里，遇到过联合国粮食计划署的志愿者，他们都很年轻，有的甚至还不到20岁，大部分是利用寒暑假出来做义工的学生。

本来东华对于狠心的老爹把自己派到这个地方颇有微词，但和很多志愿者聊过以后，他顿时觉得自己挺没出息的。这些志愿者的家境条件都很好，有很多是外交官的子女。他最常遇到的是一个很帅的小伙子，甚至有荷兰皇家血统。他们被要求必须和当地人住在一起，不能坐当地人开的摩的，每个人的标配是一辆自行车。当他们需要去远一些的地方时，只能乘坐当地人的长途小巴。

Gallo开车太疯狂，以至于轮胎都抗议了。他停下车换轮胎的时候，每一辆经过的车都会停下来，仗义地唤一声buddy（伙伴），问我们有没有什么需要帮忙的。

在心肝脾肺肾都被颠出来之前，我们居然神志清醒地到达了住地。当车子驶进矿区时，手持迷你机枪的警卫过来盘查。发现是老板后，立刻立正、敬礼，嘴里喊了一句虽然听不懂、但是觉得很厉害的口令。我们被这种严密的安保措施震慑住了。

东华一下车就问矿场的负责人老张，那个偷汽油的小偷怎么样了。老张说："我们把他送到警察局以后，他被判了15年监禁。我觉得他怪可怜的，只不过偷了一桶油，就要被关15年。他才刚满20岁，最好的青春就要在狱中度过了，而且我听说，监狱里很乱，进去了，恐怕活着出来的概率不大。我心一软，就花了点儿钱，把他保释了出来，但也开除了他。"

东华点点头，默许了老张的做法。

东华跟我们解释事情的前因。上周，他们逮到矿区的一个黑人雇工偷他们的汽油，就把他押去了警察局。当地人小偷小摸的现象十分严重，所以他们在原有保安队的基础上，又加雇了一队持枪警察。没想到日防夜防，还是家贼难防。

我还以为刚才门口站岗的只是保安，不过有配枪而已。老张说这些持枪警察是领政府工资的，受雇于矿区后，还可以再领一份薪水。在这个国家，只要有钱，就可以雇到政府的正规警察。

我们穿过食堂，直奔厨房，将饥肠辘辘暂时抛到脑后，好奇地看着黑人厨娘怎么做饭。与Gallo在村子里吃的略有不同，厨娘做的是鱼。我们去时，她已经把煎好的鱼放进了熬着橘黄色汤汁的锅里。我们一直以为汤汁里放了咖喱，所以是橘黄色的，其实那是棕榈油的颜色。而那些混在汤汁中的墨绿色碎屑，是剁碎了的木薯叶。

我们迫不及待地盛好饭，然后把混合着鱼和木薯叶的汤浇在米饭上。对着自己的碗深吸一口气……嗯，还挺香。我入乡随俗，抛弃了餐具，直接下手抓。最先尝到鱼，口感跟嚼木柴一样，糟糕透了。味道有点儿甜、有点儿辣，而木薯叶碎屑更是被厨娘熬得魂飞魄散。除此之外，请恕我的舌头无法再品尝出更多的层次。我将根本原因归结于，我的舌头被繁复精致的中餐惯得过于挑剔。好在饥饿感十分及时地再度席卷而来，让我得以把那一大碗难以下咽的“非洲盖饭”吃得干干净净。

好吧，有一个伟大的真理让人无法忽视——还是中餐最好吃。

Vanessa in the sky with diamonds [1]

矿区都是男的，陆洋很好安排，就住在东华隔壁。我和博文则住在离他们有点儿远的化学实验室里。实验室的大门带有挂锁，这让我和博文两人安心不少。矿区生活比较艰苦，厕所是公用的，也没地方洗澡。

安顿好以后，我们不约而同地开始在矿区溜达，而且一律是背着手、低着头，脚在地上划拉来、划拉去，这是“财迷模式”启动后的标准姿势。这些举动都源于吃饭的时候，老张的一句话。他说几天前打乒乓球时，捡到了一小粒钻石。满地闪闪亮亮的石英，在我们这帮财迷的眼中，每一粒都有可能是钻石。

Beatles（披头士）乐队有一首歌叫*Lucy in the sky with diamonds*（《露西在缀满钻石的天空》），我在闷头寻找钻石的勤奋“劳动”中，自然地哼了出来。忍不住“土豪”地幻想，要是捡到一颗巨钻，就包机回国。

只可惜，我既不是Lucy，也没能带着钻石从空中飞回

[1] 瓦妮莎在缀满钻石的天空，瓦妮莎是作者的英文名。

来。倒是没少做“蹲起”——蹲下去，捡起一粒看似是钻石的小东西；站起来，把断定为石英的破烂石头丢回地上。一直到日落，仨财迷个个腰酸腿痛，空手而归。

第二天一早，我就被口号声吵醒。趴窗口一看，嚯，一排持枪警察正在操场上受训。

吃完早点，我们迫不及待地要去科诺看钻石。东华有公事需要处理，他让Gallo开车带我们去，还派了一个持枪警察随行，保护我们的安全。我们倒是一点儿不担心安全，不过，有个保镖跟在身边，还是很拉风的。

到了科诺市中心后，我们都有一点儿失望。在中国，这种规模充其量也就算个镇。上千家钻石店恐怕不够，上百家肯定是有了。我们几乎被各种带有钻石的广告画晃瞎了眼，这确实是一个钻石店比杂货铺都多的地方。和塞拉利昂的超市一样，钻石店也几乎都是黎巴嫩人开的。

虽然买不起，但我们依然理直气壮地走进一家钻石店。雇员说老板去度假了，他们这里每周休息三天，周五到周日都是不开门的。一连问了三家店，都吃了闭门羹。

正站在街上迷茫的时候，我发现我们的贴身保镖并没有带他的枪来。就问他，你的枪呢？他的回答居然是——我忘带了，而且他的脸上丝毫看不到开玩笑的表情。可能是为了弥补自己的“过失”，这位贴身保镖尽职尽责地照看我们每个人。下车时总是他先下，在车外张望一阵后，才拉开车门，请我们下车；每当来到一家店的门口，他都先进去，确认安全后，才

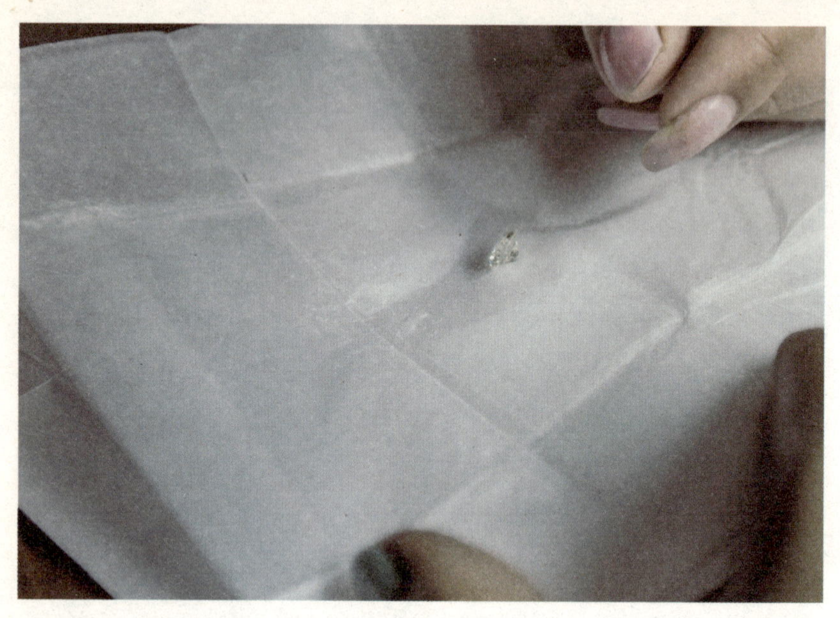

让我们进入；每次上车，也是他站在车的外侧，等我们都上车后，他才上来。这种周到而拉风的服务，我们自然感觉很爽，只是觉得未免有点儿夸张，怕他把人家钻石店的人吓到，决定还是将他留在钻石店外。

当不死心的我们推开第四家店的大门后，好运气终于降临。店老板是个典型的鹰钩鼻、大眼睛的黎巴嫩人，名叫Sky，对我们很热情。这位高大强壮的白人老板和两个更加高大强壮的黑人保镖，将我们领到带有特殊门锁的里间看钻石。看来今天是离不开保镖了——不是我们自己的，就是钻石店的。

Sky先是从保险箱里拿出几个塑料自封袋，他拣出其中一个，掏出里面的小纸包，将纸包摊开，里面是一颗闪亮的八心八箭形钻石。我和博文先后用十倍放大镜观察了它的纯净度，当然，我纯属装装样子、凑凑热闹。不过就连我这个外行都看出来了，这颗1.45克拉的裸钻，透着一丝微黄，比博文戒指上镶嵌的那颗差很多。博文撇撇嘴，表示不满意，让Sky拿出点儿好货。Sky先把这颗用纸包好，才用镊子从另一个纸包中夹出一颗椭圆形的绿钻，只比米粒大一点儿。我和博文更加不屑，纷纷表示想看粉钻。Sky把手里拿着的一包裸钻都倒在了桌子上，每颗成色都很一般，而且小得可怜。Sky耸耸肩，说好钻石都出口到比利时了。

看我们并没有动心，Sky开始把摊在桌子上的钻石一一收起来。收着收着，他突然紧张了起来，问我们那颗绿钻哪儿去了。我没留意，只记得把它还给了Sky。博文说Sky明明自己把它包在纸里了。Sky将桌上的每个纸包一一摊开，都没有那颗绿钻的影子，而且眉头一挑，脸上一副“你们有什么可交代”的表情。我心里“咯噔”一下，和博文对视了一眼，她眼里流露出的神情分明和我想的一样：莫非遇上了碰瓷儿的想敲诈我们？想到这里，我不自觉地回头看了一眼坐在身后沙发上的两个大块头，他们都伸长了脖子向这边张望，双手放在膝盖上，大有随时走过来，一手按在我们肩头的可能。我开始努力回忆，Sky给这颗绿钻的报价大概多少万美元。

Sky这张巨大的办公桌上摆着计算器、台灯、烟灰缸、各种水晶、蛋白石、一根象牙和一个超级夸张大的假钻石戒指，还有各种散放的文件、单据、票证，与“井井有条”这四个字毫无瓜葛，倒是很符合他不羁的气质。Sky又在桌子上摸了一遍，终于想起装错袋这种可能性，他把已经放进自封袋的纸包也打开，发现小米粒绿钻正和那颗微黄的裸钻静静地躺在一起。我吁了一口气。

Sky耸耸肩膀，一脸轻松地说，我就知道是自己放错了地方，像您二位如此美丽的女士一定不会是贼。哼，真会给自己找台阶下。我们脸上带着勉强的笑意被Sky和两个黑人保镖送出门。

ENTERPRISES
KOIDU
STORE
8 Post Office Rd. koidu City
8 POST OFFICE RD. KOIDU CITY
WELCOME TO
SHARK
DIAMOND OFFICE
CASH
CASH
SHARK
DIAMOND
OFFICE

再次走在科诺的大街上，发现很多钻石店铺外墙都涂着鹰的标志和Sky Kay的字样，我心里嘀咕，莫非这是家钻石连锁店？后来在Facebook上，我竟然无意中遇到了Sky，于是搜索了一下关于他的信息。原来这个黎巴嫩家族不仅做钻石生意，还涉足超市、进出口贸易领域，是个十足的塞拉利昂地头蛇。而我们遇到的这位Sky先生，正是目前Sky家族企业的掌门人，难怪他对自己家族的财产那么紧张。

卫生巾的英文怎么说?

从科诺市回到矿区后，我发现自己“大姨妈”来了。从国内出发前，往行李箱里塞了不少卫生巾。根据我算的日子，距离“大姨妈”驾到的时间还有十天之久，那时肯定早已回到了弗里敦，所以来科诺时，一个卫生巾也没带。

在热带生活的这段日子，水喝得明显比原来多了，排尿却减少了，身体内代谢的废水都以汗的形式排泄了出来。每天即使没走太多路，肚子也会饿上四次，饭量也跟着噌噌猛涨，没几天就轻而易举地迈入

了水桶和饭桶的行列。万万没想到，炎热的天气让新陈代谢变快的同时，连“大姨妈”都提前驾到。

为了买卫生巾，下午不得不让司机又载我去了一趟科诺。

进入市区后，直奔杂货铺。杂货铺十分狭小，只留了一扇窗户，上面还覆盖了一层密密的铁丝网。铺子里除了一位大爷坐着的地方，到处堆满了小零食，连门都找不到。大爷问我要买什么时，我顿时变成了哑巴。才发现，从小学到大学，学了十几年英语，竟然连卫生巾都不会说。还好该铺商品单一，只卖吃的，一眼就看能出来没有卫生巾。

回到车里，我用手机里的词典查了一下，翻译出来的词是sanitary towel。我念给Gallo听，问他哪里卖这玩意儿。他一头雾水，连连摇头，我以为是自己发音不准，干脆给他看手机。他看了之后，依然不知道我想买什么。我顾不上难为情，启发他，女性每个月都要用的东西，他立刻明白了，但是他也不知道那东西叫什么。

Gallo把车停在另一家稍微大一点儿的铺子门前。这家铺子比刚才那间强了不少，空间大到可以容一个客人走进店里购物。面对店铺老板的热心询问，我依然哑口无言，只好一

边用手撑着柜台，一边自顾自地用眼睛四处搜寻。遍寻无果，甚为失望。就在我要离开时，一眼瞥见，刚刚我用手撑的玻璃柜台里，满满一柜子全是卫生巾。我欣喜若狂地指了指柜台，老板随即拿出一包。我上下左右翻看了半天，发现上面既没标长度，也没标有没有护翼。再仔细打量柜中的卫生巾，只有这一种。算了，有总比没有强。

付完钱后，我问老板管这东西叫什么。老板说了一个我做梦也想不到的词——pad。好吧，我估计一辈子也忘不掉这词了。

问：怎样才能最快速地学好英语？

答：放在情景里学，想不会都难！

回到矿区时，该吃晚饭了。我和博文会合后，把自己的包放在宿舍里，锁好门后，向飘着久违的中国美食之香的食堂奔去。

一个小时后，我和博文挺着肚子返回宿舍。门锁依然完好，可是一进屋，我却发现门旁的纱窗开着，我明明记得纱窗一直是关着的，而窗前的椅子上就放着我的背包。我赶紧看了它一眼，双头拉锁的位置变

了（好吧，我承认我有强迫症，每次都要将两个锁头拉到中间的位置）。我迅速检查了一遍我的背包，还好，相机、电脑、美元和利昂都在。

紧接着，博文发现后窗的纱窗也开着，我让她也检查一下自己包里的东西有没有少。她就没那么幸运了，两摞利昂，一摞放在钱包里，一摞直接放在单肩包里，都少了好几张。我开始暗自庆幸自己把现金夹在了电脑里。

我们立刻把这个遭窃的不幸消息告诉了东华。东华说这是典型的当地人偷窃的习惯，不一次性偷完，只拿一点儿，寄希望于被偷者粗心大意，没有发现。这次这个小偷算倒霉，遇上了我这么个强迫症患者。

我在准备这趟西非之旅时，曾经做过一个梦，梦到自己被绑架。当我被蒙着双眼带到绑匪的老窝时，听到绑匪嫌国际长途话费太贵，又不会说中文，不得不放弃了这个不够周全的计划，然后把我丢弃在那里，不管死活。最后我觉得自己是被饿醒的。眼前这种情形比起梦里的境遇强过百倍，起码我没丢东西，博文的损失也不大，但是多少有些后怕。若是夜里，有人趁我们睡着了，潜进来，不止偷东西，顺便抹个脖子什么的同样也是很方便的。

冷静了一会儿后，博文突然想起，刚回来的时候，保安队长曾经走过来打听，我们什么时候回弗里敦，她说还没定。也许是因为这样，对方怕夜长梦多，迫不及待地下手了。经过东华和老张的排查，当时在矿上没有事做的只有三个人，其中一个恰好是保安队长，另外两个是保安队的队员，看来又是一起监守自盗型案件。东华让他们三个把钱吐出来，即使不是他们偷的，他们是保安，也推卸不了责任。他们三个倒是挺痛快，虽然嘴上死不承认，但还是把钱交了回来。

东华说，就冲他们能够拿得出这么多现金，就可以断定他们是小偷无疑了。因为距离上一个发工资的日子已经过去两个礼拜了，按照他们花钱的方式，怎么可能手里还有那么多钱。

坐一条漏水的船航行在大西洋上

香蕉群岛是离弗里敦最近的一个度假岛屿。想去香蕉群岛，先要到肯特（Kent）。从弗里敦去肯特的路有东西两条，东边的一条比较平坦，但是有些绕远；西边的那条，更近一些，却很少有人走，因为那条根本不能算是“路”。

我们找到另一个Gallo当司机，此Gallo比带我们去科诺的Gallo发型疯狂很多，但是开车稳了不少，他理智地挑选了较平坦的那条远路。

肯特的沙滩旁有处小小的港湾，停着五六只小船，船的尾部都有一个小型马达，船的宽窄可参照独木舟。我说想去香蕉群岛，当地人指指那些小船。一直到即将出发，我仍然怀疑自己坐着它航行在大西洋上是不是疯了。为了掐断自己对于沉船的各种幻想，我回头跟坐在我后面的一个白人搭讪，我说这船看起来不怎么安全啊。他拿起面前的一个绿色小盆轻松地说，没事，我可以用这个盆往外舀水，接着又说自己不会游泳，问我会不会。我说我会，如果真掉到海里，我会救你的。然后他放心地大笑了起来，这哥们儿真的不是一般的乐观！整个对话过程我都把自己的情绪调节到“特别淡定”这一挡，可是谁又知道其实我心里颤得要命。转念一想，既然人家当地人每天坐着船往返于波涛汹涌的大海之上，这些船应该还算靠谱吧。于是我一手扶着遮阳帽，一手抓船帮，稳坐在被船工推离浅滩的小船上。

船离岸后不久，船老大开了马达。随着轰隆的声响，船的前进速度大幅提高，还好，船身摇晃得没有想象中厉害。几分钟后，遇到一个大浪，从船的右前方拍来，“呼”的一下，船身几乎侧倾了四十五度，差点儿被掀翻。船老大立即关闭了马达。我吓得帽子也不管了，双手都牢牢抓住船帮，同时脑中迅速过了遍背包里的东西，除了相机比较值钱，其他东西都可以抛掉。万一真掉海里，现金贴身放着，晒干了还能再用，背包整个不要了，只需要心疼相机，勉强可以接受。船上所有人都惊呼过一声，尤其是我身后那个白人，嗷嗷叫的声音最大。我腹黑地想，好歹你还有个盆，抱着它起码能漂在海上啊，我连个盆都没有，你好意思叫得比我声大吗？船老大赶紧指挥坐在最前面的两个人都往后挪，还让那个又高又壮的白人从座位降坐到船板上，这才稳住了脆弱易覆的小船。

开了大概20分钟，前方望不到香蕉岛，回首也找不到肯特了，四周皆是茫茫的大西洋的海水，要是在这里翻船，恐怕我都不知道该往哪个方向游。这时，听到身后有哗哗的水声，我回头看到，那个白人正在兑现承诺——拿着刚才向我展示过的小绿盆努力地往船外舀水。再低头看看自己脚下，不知何时，船底渗进的海水已经没过了脚面。我完全无暇欣赏海上美

景，除了担心船沉外，同时被船板缝隙间乱窜的几只海虱子搞得几乎精神分裂。

在前往香蕉群岛这整整40分钟的时间里，我心里不止一次发誓，这辈子再也不坐这条破船了。只不过当时我完全没想起来，回肯特除了坐它，别无选择。

我刚从船上下来，一位热情的向导就走过来招揽生意。我望了一眼不远处的丛林，觉得还是雇个向导比较靠谱。

向导名叫Osmen，脸上总是挂着当地人常见的朴实微笑，胸前挂着一个小手机，屏幕已经裂了。在Osmen的带领下，我们穿过几幢蓝色的度假小屋，走入密林之中。我深一脚浅一脚地跟在Osmen身后，周围被浓重的绿色包围着，遮天蔽日，却感觉不到凉爽。热带植物长得很快，有些地方几乎看不到出路，刚走过的路，让我往回走，我都不一定能找到原路。真不知道他是怎么设计观光游览路线的，也许每次都是随意走吧。

由于前几天，蚊子一直对我十分客气，我就放松了警惕，没有穿长衣长裤，不一会儿就被咬了好几个包。于是顾不得一身混合着防晒霜的汗，又往身上糊了一层军用驱蚊乳，但是没走多远，驱蚊乳又被汗水裹着往下淌。在这么湿热的环境下，我常常用防晒霜和驱蚊乳给自己捂好几层“衣服”，以至于几天前，手上长出了不少湿疹。为了祛湿，我拿出两颗从国内带的姜糖，顺便给了Osmen一颗。他接过糖，撕开糖纸，将糖放进嘴里，把糖纸随手扔到地上。

在密林中，我们找到了稀稀疏疏散布的一些遗迹，有生锈的炮筒、奴隶交易中心和一座1881年建的教堂，它们都是当年的英国殖民者留下的。几个世纪以前，英国殖民者把一批批黑人押运到这座岛上，塞进远赴欧洲的船里。在等待船舶到达的时间里，不够强壮的黑奴如果生病，会直接埋在岛上。Osmen说，也许此刻我们的脚下，就是堆积如山的累累白骨。

ST LUKE'S
CHURCH

岛上唯一的村子叫Dublin。我们刚走到村口，就听见一声清脆的“Daddy”（爸爸）。远处奔来一个小朋友，只穿着一条小短裤，脚下趿拉着小拖鞋，直奔向Osmen，一把抱住他的大腿，仰头看着Osmen笑。Osmen像大鸟喂小鸟似的，吐出嘴里已经被含小一圈的姜糖，放进儿子的口中。小鸟咂摸咂摸嘴里的甜味，满足地飞走玩去了。

我八卦地问Osmen娶了几个老婆。Osmen说只娶了一个，然后高举双手做投降状：“我怕吵，女人都是麻烦。”说完一边摇头一边接着往村子里走，丝毫没有意识到，问他这个问题的人也是女人。

村里也到处是树，好一些的房子是夯土建成的，差一点儿的是用瓦楞铁板胡乱拼在一起搭成的。树和房子围起的一块空地是孩子们的游乐场，他们的玩具只有石子、叶子和一张破得没法用的桌子。

当我们的脚下再次踏上厚厚的落叶时，Osmen从地上捡起一个长得很丑的东西，像根没长开的苦瓜一样，表面坑坑洼洼。Osmen剥开它的外壳，将里面一颗颗白色的果实抠下来递给我，示意我尝尝。我咬下一小口，露出里面粉红色的果仁。果实很脆，有一丝甜，更多的是涩，但是越嚼涩味越淡，甜味越浓。我看Osmen吃得津津有味，可是嘴里的果子直嚼到没味了，也咽不下去，实在是渣滓太多了。我趁Osmen不注意的时候，把渣滓吐掉。Osmen又在周围的地上拣了几个果子，说自己的妈妈最喜欢吃可乐果了。原来这就是传说中可乐的原料。

Osmen手捧着四五个可乐果，带我找到他妈妈的家——一间很小的夯土房，房子没有锁，因为它压根儿就没有门。屋里什么都没有，真的是什么都没有——没人、没家具、没衣服，甚至没被褥，只有最里面的地上铺着一张草席。Osmen将可乐果放在席子上，正巧他妈妈回来了。

趁着Osmen母子俩唠嗑的工夫儿，我跑去斜对面那户人家。那边的树下系着一个大吊床，正好可以歇歇脚。

躺在吊床上，发现树上结满了粉色的果实，竟然是莲雾。我摘了一颗尝了尝，好像没熟，有点儿酸。这家的房子也没安门，忽然从门里蹦出一只小猴，腰被绳子拴着，估计是只看家猴。此猴明显玩忽职守，它对我这个陌生人的到来毫不在意，只顾抱着一个黄色的果子啃。我认出那种黄色果子，分明是昨天在弗里敦街头买的Blum。我是向一个姑娘买的，当时我问她这水果甜吗，旁边一个瞅着挺靠谱的小伙抢着答道特别甜。回到旅店我尝了一口，才知道该小伙只是长得靠谱而已，Blum不但没有一丝甜意，还巨酸无比，赛过了柠檬，赶超老陈醋。

小猴的旁边放着一个纸盒，里面有几枚鸡蛋、一些碎了的蛋壳和七八只刚孵出来的小鸡。小鸡们叽叽喳喳，在盒子里乱跑乱跳，可爱极了。我刚抱起一只玩，小猴就不乐意了，冲我龇着森森白牙，嘴里不断发出声音。原来它不是看门的，是负责看着这盒小鸡的。

WANS NA God

不知过了多久，Osmen叫起差点儿在吊床里睡着的我。我们走进另一片密林时，Osmen帮我摘了个熟透的杨桃，我这个生长在内陆中纬度平原地区的人，从来没吃过那么甜、那么新鲜的杨桃。

穿过密林，到达香蕉岛东边的港湾，这里可以看到不远处的另两个小岛。香蕉群岛由三个小岛组成，有人居住的岛只有一个，另两个十分小，只长了几棵树，涨潮的时候几乎无立足之地。

现在正是一天中最热的时候，在大西洋上打鱼的小船都已回到岛上。海滩上停了十来只曾经五颜六色的破败小木船，这些船比从肯特来时坐的那条更小、更破，而且不带马达。渔夫们都在喂饱了饥肠辘辘的自己后，找个浓郁的树荫打盹儿去了。

香蕉岛最南端的沙滩上，同样看不到人影。人们都像螃蟹、贝类躲在礁石里一样，躲在海边的茅棚中，昏昏欲睡。

早就听说过一种神奇的植物叫“辣木树”（Moringa Tree），它原产于非洲，含有丰富营养，高钙、高蛋白质、高纤维、低脂肪，并且具有增强体力、治疗贫血、抑制病菌、驱除寄生虫、预防感染、降低血压、缓解糖尿病症状、治疗营养不良等功效。在弗里敦时，我问过很多当地人，他们都没听说过。我打算最后再问一次，Osmen给我的回答终于和别人的不同了。他十分骄傲地说整个塞拉利昂只有香蕉岛上有辣木树，接着兴冲冲地带我去找。

我们又回到Dublin村附近。Osmen指指一棵三四米高的树，说这就是辣木树了，说着揪掉几片树叶放进嘴里嚼起来。没想到辣木树如此不起眼，树干很细，混在其他高大粗壮的热带植物中间，显得“营养不良”。它的叶子也不像其他热带植物那样尽量往大长，而是很多类似于蕨类植物的细小叶子，整齐地排列在细枝两侧。树上零星地开着几朵白色的小花，花蕊嫩黄，散发着淡淡清香。我学着Osmen的样子，也揪下几片叶子放进嘴里。果然是“辣木”，入口虽然清爽微甘，后味却辛辣灼舌。

Osmen说，岛上的居民生病，不管是拉肚子，还是疟疾，几乎都靠吃它治愈。自己的老婆有次得了黄热病，也是吃它治好的。他

平时没事就吃点儿，强身健体。辣木树被他夸得简直近乎包治百病。他还说，有人专门为了吃这种辣木树叶上岛，岛上的人也偶尔出岛去卖。我问他这些树是谁种的，他说，我们什么也不种，这些水果树和辣木树都是自己长的。这是真正地靠天吃饭啊。

在Osmen的带领下，我们徒步环岛一周，又来到度假小屋的附近。这里所有的石头被染成了天蓝色，我坐在它们中间，面对着大西洋，狼吞虎咽地吃掉了面前的一大盘烤鱼洋葱米饭。在热带地区徒步实在太消耗体力了。

再次坐上那艘差点儿翻在大西洋里的小船后，我为了缓解自己紧绷的神经，开始唱起歌来。唱着唱着突然想起一件事，问坐在我前面的当地人，海里有鲨鱼吗？他很严肃地点了点头，十分笃定地回答说有。我突然就忘记下句该唱什么了。远处的渔民，坐在只容得下一人的独木舟中捕鱼。海浪拍打了我们这只船，也拍打他们那些小得可怜的船，但阻碍不了他们从容不迫地撒网、拉网。

当我又经过刺激的40分钟航行，精神正常地出现在肯特沙滩上时，立马成了当地人眼中的白富美，搭讪的人纷纷组团前来，又是一通要手机号、Facebook ID、合影。司机Gallo早等得百无聊赖，哈欠连连了。

从肯特回弗里敦市区时，Gallo的疯狂本性终于暴露了出来，他自作主张地开上了西边那条“路”。我们不停地遇到各种水坑，Gallo对待水坑的方法可以用四个字来形容——简单粗暴，都是一脚油门趟过去，不管它多深。终于回到弗里敦，我的五脏六腑都被颠得错了位。

纵火甘蔗田

马格巴斯是位于北方省的一个小村子，无论从东西哪个方向来，都要先经过总统的故乡马布拉卡（Magburaka）。过了马布拉卡就都是土路了，不过这些路和去肯特、科诺的路比起来，都只是“小巫”而已。

刚进村子，就看到当地村民在用木棍舂辣椒粉，两个人一起舂，一上一下，十分有节奏。我们下去拍照，立刻被热情的村民们包围，除了争着问我们从哪里来和主动要我们给自己拍照的，还有一个哥们儿很直接地问我结婚了

吗？我老实地回答没有，接着他问我可不可以嫁给他。那语气和表情就跟街坊邻居聊家常问“吃了没”一样，我被惊得下巴差点儿掉地下。一点儿铺垫都不给，这节奏也太快了点儿吧。热带地区的人总是很热情，看来我需要编造一个“丈夫”，以应付再有热情的人关心我的个人问题。

马格巴斯（Magbass）有着一眼望不到边的甘蔗田，绿油油的，蔓延到天际。甘蔗田四四方方，十分规整，田埂和田间小路都笔直排列，与香蕉群岛的靠天吃饭风格迥然不同。田间有七八个农民挤着，蹲在一片十分狭小的阴凉里，边抽烟边唠嗑。如果不是对方首先打招呼，几乎无法识别他们中间竟然混着三个中国人，他们都

已经被晒得黝黑黝黑的，肤色接近当地人了。这些甘蔗田都属于一个中国蔗糖厂，而这三个黑皮肤的黄种人，有一人正是厂长。他主动向我展示自己的单词本，里面密密麻麻都是用拼音和汉字标注的克里奥语。

作为“克里奥通”，厂长老赵顺理成章地成了向导，领着我在马格巴斯四处转转。

这里的甘蔗一年只一个榨季，榨季从每年的11月持续到第二年3月，也就是说，整个旱季都是甘蔗收割的季节。甘蔗田按生长期长短和成熟期不同，分区域种植。现在已经进入甘蔗收割的第二个月，有些甘蔗尚不及人高，有些却已经成片开花。每片甘蔗田有100亩，马格巴斯分布着上百块这样的甘蔗田。农民们每天只收割两三块田，这些甘蔗刚好是第二天榨糖的量。

经过一片光秃秃的田地，农民们正开着拖拉机犁地。听老赵介绍，这里的甘蔗每过四年，需要挖出宿根，重新种植。农民们见到相机，立马变得神气极了，在镜头前，似乎自己开的不是农用拖拉机，而是法拉利。

在成片的甘蔗地间，隐匿着一片湛蓝的湖泊。我为湖水透澈的颜色倾倒了，站在湖边感慨了半天，什么明净澈底、碧波荡漾、湖天一色、湖水倒空如镜……之类的词都用了一个遍。老赵笑了，说这就是我们挖的一蓄水池。

一个位于非洲西部的小小蓄水池，蓝过北戴河千百倍。

傍晚时分，太阳的毒辣丝毫没有减弱的意思，远处的物事都在地面蒸腾的热气中融化、扭曲。突然，靠近天边的地方开始冒起滚滚黑烟。本来已经被太阳晒蔫儿了的我立马来了精神，莫非摊上大事了？遇到着大火了？老赵挺有幽默感，说没事，这是在烧甘蔗，不是事故，是自己人“蓄意纵火”。

本着有热闹不凑非女汉子的精神，我让老赵开车带我去“纵火现场”近距离观摩。刚打开车门，一股热浪扑面而来，噼啪之声不绝于耳。

这片甘蔗是人的两倍高，根根顶着白花，很像芦苇花。甘蔗的杆儿虽然细不及臂，却挺拔得很。大火呼啸而来的时候，甘蔗的叶子，以及那些庇荫于甘蔗高大身躯之下的杂草，都迅速焦黑。伴随着噼啪的声响，它们痛苦地卷曲着、扭摆着，最后万般不情愿地、通通臣服于甘蔗的脚下，而甘蔗杆儿只是随着火势摇晃几下身躯而已。火势虽大，却来去匆匆。大火过后，甘蔗们直立依旧，只是更黑了而已。

大火再凶，也跨不过田埂，逐渐消停。农民们又开始给下一片甘蔗田点火。我追着火苗，从上风向一路跑到了下风向，太阳的曝晒，加上烈火的烘烤，我觉得自己已经离“十成熟”不远了。可是我没法不去追看大火，可以如此近距离地观察火苗让我兴奋不已。越是炙热，越是想要靠近。

因为“我只喜欢这一类人，他们的生活狂放不羁，说起话来热情洋溢，对生活十分苛求，希望拥有一切，他们对平凡的事物不屑一顾，但他们渴望燃烧，像神话中巨型的黄色罗马蜡烛那样燃烧；渴望爆炸，像行星撞击那样在爆炸声中发出蓝色的光，令人惊叹不已。”熊熊烈火炙热却短暂，烛火柔和却持久。喜欢烈火的人，可以因烛火的渺小找出一万个鄙视它的理由；喜欢烛火的人，也可以因烈火的躁妄找出一万个嫌弃它的原因。没有谁比谁好，只有喜欢哪种，想要哪种。

已经有不少人站在下风向的田埂上，等待着“晚餐”的出现。原本定居在甘蔗田中的蛇和田鼠，被热浪追撵，慌不择路，在逃命的途中遇到人类，只得束手就擒。甘蔗田的上空聚集了许多鹰和隼，它们从四面八方赶来，想瞅瞅这里有没有便宜可捡，不过碍于浓烟和热度，它们只能吞着口水盘旋，不敢下来捕食。

烧过的甘蔗田，没有了叶子和杂草，蛇虫鼠蚁也都被捕或逃走，第二天的收割工作就变得简单而安全。这种简单粗暴，接近于刀耕火种的农耕方式，恐怕别的地方已经不多见了。

农民们大都穿着长袖衬衫或者短袖T恤，有两个哥们儿居然穿着棉服，而且一点儿不冒汗。我很好奇在如此的高温环境中，穿这么多究竟是更容易中暑，还是会感觉凉快些？但是热得一直在吐舌头的我，已经没有勇气实验了。

老赵让我住进了糖厂的宿舍，是个带独立卫生间的套间，条件着实不赖。宿舍门口种着好几棵柚子树，树上挂满了黄澄澄的柚子。我帮大家尝了几个，嗯，确实都熟了。

不知道是不是今天接触火太多了，自己也上火了，右眼从中午开始红肿起来。到了晚上越发严重，不停地流泪，睁眼都有些困难。更糟糕的是，左眼也开始模仿右眼的症状。在这个穷乡僻壤里，小病只好忍着，大病就得回弗里敦，因为只有弗里敦有中国医疗队和正规的医院。本来还很担心，不知这是得了什么病，既然传染，反而不怕了，估计就是传说中的红眼病。

入睡前，在厕所发现了一只硕大无比的超级蟑螂，我吓得冲出厕所，抄起桌上的烟灰缸，将它扣在地上，推到了墙角。烟灰缸是透明的，透过它，我还是能够看到那只营养过剩的“小强”，再拿手纸把它盖了个严严实实才肯罢休。

这一宿分外难熬，我感觉自己好像睡着了，又好像没睡着。厕所门不停开合的吱嘎声、空调的水不停流到厕所门口的滴答声，我都听得清清楚楚，居然还梦到自己瞎了。

就在半梦半醒的时候，突然“嘶啦”一声，我陡地被惊醒了。这是我的背包拉锁快速被拉开的声音，准是又遇上小偷了！我费力地睁开红肿不堪的双眼，望向床边的背包。虽然天还是乌漆墨黑的，可仍能看出，屋子里除了我，没有别人。

莫非得了个小病，就把自己吓得开始幻听了？看了下手机，才凌晨5点多。把灯打开，不敢关了。我不知道自己是怎么熬到天亮的，只觉得头也开始疼，浑身没劲儿，又担心自己抵抗力下降，疟疾会乘虚而入。天亮后，我去食堂找到老赵，他派司机送我去弗里敦的中塞友谊医院。又是一路颠，到达医院时已经接近中午了。

下车后，我像个林黛玉似的，可怜兮兮地扭到医院挂号处。我猜当时自己的眼睛一定像吸血鬼一样可怕，窗口的黑人们见到我全都闪到两边，让我先交钱。这次看病的挂号费我能记一辈子，25万利昂啊！还没见到医生就花了将近360块人民币啊！是香蕉群岛环保费的2.5倍！不过后来冷静地想了想，黎巴嫩人开的超市，一根椰子味的冰棍要1.5万利昂（相当于20多块人民币）。我权当自己没有医保，在一家三甲医院挂了个专家号。

医生太少，每个医生都要兼顾好几个科室，楼上楼下地跑。我落寞地坐在空荡荡的眼科诊室里，半个小时后，终于有医生想起了我。见到医生，我就像见到亲人一样高兴。果不其然，是红眼病，医生专业而委婉，称它为结膜炎。幸好自己从家带了些头孢，不然我猜药费也一定贵得还能让我牢记一辈子。

翩翩起舞的“小情人”

在塞拉利昂的最后一天，我想再努把力，变得更黑一些。包里揣上一大瓶美黑霜，一个人跑去Lumley海滩晒了一下午太阳。

常言说一白遮百丑，人家都拼命美白，我为什么非要晒黑？我是觉得自己就算再白也成不了白人，不如干脆黑个彻底，起码还能显瘦。我们认为丑陋不堪的，也许在别人眼里恰好充满魅力。以前无法接受的，现在也许喜欢得爱不释手。审美有很多种，干吗非都往白那个方向发展？况且，如果没有我的黑，怎么反衬出其他姑娘的白呢？

由于不是周末，海滩上几乎没什么游客，我顺理成章地成了所有人关注的焦点。刚在海滩上摆了个舒服的姿势躺下，就有一个十五六岁的男孩走过来，冲我say hello（打招呼）。我只想晒太阳、打瞌睡，不想聊天，回报一个微笑，就把帽子扣在脸上睡大觉。男孩锲而不舍，在我身边坐下，嘴里不时发出当地人最喜欢发出的、吸引别人注意的“嘶嘶”声。我假装睡着了，一直不理他，心想一会儿他觉得没意思了，自然会走开。没想到他竟然执着地跟了我一下午。

看我没有反应，他开始用沙子丢我。我意识到自己在沙滩上睡午觉的计划已经彻底没戏了，干脆站起身，沿着海岸漫无目的地散步。身后始终追着的“跟屁虫”，并没有像大多数当地人那样热情大方，主动做自我介绍，或是找点话题聊天，而是一直安静地跟着我。当我转头看向他时，他又羞涩地抿着嘴别开头。

走着走着，我累了，一屁股坐到沙滩上。本打算掏出手机来看一眼时间，可两只手上全是沙子。刚才在沙滩上躺过、趴过，不仅是双手，就连肚子上、腿上、后背上也都是沙子。我正举着手，发愁该怎么办时，“跟屁虫”走上前一步，拉着我的手就往自己衣服上擦，吓了我一跳。就算他的衣服上有洞，也不干净，我也不好意思用陌生人的衣服擦手啊。他也太自来熟了，对我好得无下限啊。我赶紧挣脱了他的手，连说thank you（谢谢）。然后把包放在沙滩上，下到海里洗洗手。在塞拉利昂遭遇过一次小偷后，我对自己的包十分不放心，我是一直倒退着走到海里的，眼睛始终没离开过包。“跟屁虫”看出了我的担心，对我说不用怕，放心地去游泳吧，我帮你看着包呢。我心想，就是因为有你在旁边，我才不放心的！

匆匆洗好手以后，我快步走回沙滩。刚把手机掏出来，就发现一个穿得很嘻哈的黑人从远处的酒吧朝我走过来，走路的时候浑身一颠一颠的，他脖子上的大粗金链子也随着身体的节奏来回晃着，手里还拎着个啤酒瓶子，看起来就是个十足的大混混。他一边吊儿郎当地走，一边向我熟络地打着招呼。我使劲儿想了半天，才想起他是谁。

眼前这个混混就是为了两千利昂内讧的三位嘻哈青年中最矮的那个，也是最难搞的那个。上次他的造型也是手里拎着个酒瓶子，也亏了他的酒瓶style，不然我还真想不起来他是谁呢。他眯着眼睛看我，跟没睡醒似的。我赶紧往旁边闪两步，以防他嘴里的酒气喷到我脸上。他跟我套近乎，说你终于又来了，跟你一起的那个男的呢？我知道他指的是陆洋。上次我穿着长裙，这次穿的比基尼，还戴了顶大檐帽和大墨镜，就这样，混混居然还能认得出我，我真是佩服得很啊。估计这里很久都没有中国人来过了。

我又使出绝招——装听不懂、不认识他。一边笑着摇头，一边赶紧撤。

就在我应付这个大混混的时候，突然瞥到身旁的“跟屁虫”满脸戒备地盯着混混看，可是混混把眼光投向“跟屁虫”时，他又害怕地赶紧低下了头。看来这个混混好像在这一带还

有点儿威名，有人怕他，嗯，也算混出头了嘛。

我偷偷回头观察，还好混混没跟来。走到海滩的尽头时，我决定坐下来好好欣赏一下日落。“跟屁虫”却没有跟着一起坐下来，而是跑到不远处的杂货摊儿。我以为他终于对跟着我失去了兴趣，没想到，他去而复返，还带回两块糖。他在我身边坐好，把其中一颗糖递给我，示意我尝尝。我不忍弗了他的好意，拨开糖纸，把整颗糖含在嘴里，居然是我最讨厌的薄荷糖，满嘴凉飕飕的。他把另外一颗糖咬成两半，只放了半块糖含在嘴里，含了一会儿，又吐回纸里，小心地包好，撩起破着大洞的上衣，谨慎地放进裤兜里。

我用舌头拨弄着嘴里的薄荷糖，薄荷的味道渐渐淡去，丝丝甜意逐渐在口腔中弥漫开。终于从凉中尝到了甜，我却把糖吐回了纸里，小心翼翼包好，并不是因为它的薄荷味，而是我也舍不得吃

了。那么穷的孩子，只买了两块糖，自己舍不得吃，还给了我一块，把我感动坏了。可我居然在心里一直叫人家“跟屁虫”，还担心他是小偷，觊觎我的包。以我小人之心度了他的“小君子”之腹。

我赶紧翻包，找出两块姜糖。刚想都送给“小君子”，旁边又窜出一个运动少年，递给我一块口香糖。正好，俩人一人一块姜糖。

送我口香糖的少年看起来只比“小君子”大一两岁，接过我的姜糖后，他抱着自己的足球顺势坐在我的另一边，大方地做起了自我介绍。这个叫Hippo的“小朋友”从我坐在那里开始，就一直在做各种运动，压腿、原地高抬腿、俯卧撑、青蛙跳、头顶球……变着花样来。他从头到脚一身崭新的NIKE，手腕上还戴了几个彩色的运动手环。

没聊几句，他就邀请我去旁边的酒吧坐坐，我说自己更喜欢沙滩。况且去酒吧会再遇到那个混混，除非我疯了。

他说好，Vanessa，那咱们就坐在沙滩上聊天吧。他知道我叫Vanessa以后，每句开头必叫一遍我的英文名。我以大姐姐的姿态，关怀地问他今年多大了。他说19岁了，敢情我把人家的年纪猜小了。

他小心翼翼地问我，Vanessa，我是黑人，而你是白人，你介不介意？哈哈，我刚努力变黑了几个小时，就有人夸我白。在黑人的眼里，不分黄种人和白种人，除了黑人都是白人。

我纠正他，我是黄种人。

他说好，Vanessa，你是黄种人。

我说黄人、白人、黑人都一样，我们只是皮肤颜色不同，但里面都是红色的。说完我还吐了吐舌头，用来辅助说明内部颜色都是红的，所以没有什么可介意的。

Hippo看起来很高兴，然后问我有没有结婚。

我说没有。对一个“小孩”，没必要搬出我那个虚构中的丈夫。

本来一直很安静的“小君子”突然开口问我，你想不想去游泳？

我说不想，我只想晒太阳。

Hippo冲着“小君子”皱了一下眉，然后重新调整情绪，特抒情地说自己如何如何喜欢中国，向往有一天可以去中国。接着又问我，Vanessa，你多大？

我如实相告，26岁。

他愣了一下，然后淡定地说，哦，Vanessa，那你只比我大4岁。

我一下就懵了，莫非我100以内的加减法运算出了bug（错误）？我说你刚刚明明说自己19岁，怎么只比我小4岁了？

他说Vanessa，你记错了，我刚才说的是我10岁的时候，爹地在内战中过世。我19岁时妈咪又去世了，那是5年前的事，今年我22岁。

我琢磨了一下，觉得他是在藐视我的智商。不过又想了想，开始窃喜，说明他目测我年龄肯定测少了，第一次才没把自己的岁数说得很大。想当年初中刚毕业就有小孩叫我“阿姨”，如今终于有人往岁数小的方向猜我了。

就在我暗爽的时候，Hippo开始滔滔不绝、声情并茂地讲述自己的家庭情况，说自己的兄弟和亲戚都不喜欢自己，但是他要努力上好大学。说到后来自己都快把自己说哭了，一边摇头，一边咬着下嘴唇，双眼饱含泪光。苦情戏演完后，接档的是功夫片。他开始反复重申自己很喜欢中国，还喜欢香港和成龙，甚至立刻向我行了个抱拳礼。

我被逗笑以后，他说Vanessa，我很喜欢你，你的眼睛很漂亮。

出于礼貌，我回答道我也喜欢你。

“小君子”突然又冲我冒出一句，你为什么不去游泳？

我向他解释，我忘带毛巾了，不想浑身湿答答地穿衣服。

Hippo好像瞪了他一眼，转而向我要住址、手机号和Facebook账号。

我说自己马上要回国，当地的住址和手机号就没用了。自己的Facebook号不记得了，把我的便笺本和笔递给他，让他把他的账号写给我。他一笔一画地写着英文，可是说真的，每个字母我都不认识，就跟他自创的似的。

他写完以后，又在账号下面用超大字体写了一行字，这行字我勉强看懂了："I LOVE YOU！"（我爱你！）

我瞬间凌乱了，敢情这"小朋友"是在追姐啊，怪不得刚才在姐面前像只开屏的孔雀，将十八般武艺使了个遍。紧接着，我的反应居然是低头看了看自己那肥而不腻的肚子，一大坨白花花的肥肉，正好从上下两截比基尼中间挤了出来。我忍不住对自己吐槽了一句，"小朋友"啊"小朋友"，泡妞功力不俗，就是审美有待提高啊。谁遇上这事，都得憋不住地笑，搁谁谁不虚荣心爆棚啊？

Hippo见我笑得挺开心，居然问我可不可以亲我一下。

我真的很失礼，没忍住，哈哈大笑了起来。这"小朋友"实在是太搞笑了，口味如此之重。

Hippo莫名其妙，问Vanessa，你为什么笑？我很可笑吗？

我实在是不知道说什么好，只能摇摇头。

他开始自顾自地在沙滩上画小人，画了三个小人，一个男人，一个女人，还有一个小孩。他先是指着地上的那个男人说，这个是他。然后又指指女人说，这个是我。当他指向那个小孩时，我就打岔，我指向身旁的"小君子"说，这个是他。

Hippo脑袋摇得跟拨浪鼓似的，连声say no（说不）。正要再重新指一遍的时候，那个混混提着一瓶新酒，晃晃悠悠地又走过来了。Hippo趁着混混还没走近，动作十分迅速地用脚把地上的画抹掉了，我感觉他同时也把自己的节操抹掉了。

混混走过来又叽歪了一通，我照例装傻充愣。他一看没有什么便宜可捞，就悻悻地走了。其实我真心感谢这个混混过来搅局，不然真不知道该怎么收场。我赶紧站起身，准备走人。Hippo暧昧地帮我掸肩膀上和脸上的沙子，我说不用，谢谢你，小朋友。

大混混只想骗骗小钱，小骗子却想忽悠大人。

Hippo和“小君子”一直目送我上了一辆停在酒吧门口的出租车。临上车时，我朝他们挥了挥手，其实我心里只对“小君子”一人说了再见。在回去的路上，我突然想到，“小君子”一直打岔，让我去游泳，可能是想让我远离那个Hippo。

似乎我才是被援助的那个，非洲人民慷慨地援助给我各种“热情”。只可惜，我在海边看日落的计划也被他们的各种“热情”彻底搅黄了。

男人的足球，女人的发型

足球之所以风靡全球，与它的场地受限制较小有很大关系。只要地方够大，地面平不平无所谓，沙滩足球可以更热血；球门有没有也不重要，书包或是饮料瓶都可以替代；服装嘛，只要不全裸，一条泳裤或者沙滩裤足矣；鞋呢，光脚也无妨；还能让很多小伙伴参与进来一起high。这些也是足球运动在基础设施相当简陋的塞拉利昂得以蓬勃发展的原因。

弗里敦的海边经常可以见到足球队在训练。一排小伙，赤裸着上半身，飞快地做着俯卧撑。他们身上的肌肉丰满壮硕，马甲线、人鱼线俱全，腹肌一块块突起，凶猛异常。本姑娘天生对肌肉男没什么抵抗力，一点儿都不知道害臊，使劲儿盯着肌肉男们看，只恨眼睛长少了，都不够挨个看仔细的。

除了肌肉，比起二十二个男人争抢一个破球的“狭隘”运动，我对非洲球星们的发型反而更感兴趣。每当他们在球场上奔跑时，“上下翻飞的满头小辫，究竟是怎么编的？编成这样的发型，还洗不洗头发？”这些问题就会在我脑子里出现。

在塞拉利昂的日子里，我经常留意街上人们的发型。最常见的是从额头往后平行编出许多细小的发辫，自然垂于脑后；有的则从脑袋外围向脑袋中央编小辫，编好后的脑袋很像一个大菠萝；还有斜着编的，最后归到一侧；也有以脑袋的五个点为中心，编出五朵花；或是沿着脑袋的形状编圈圈，最终形成一个“旋儿”；从额头到脖子，编成一条条曲曲弯弯的“蛇形”；所有头发都向头顶编发辫，最后在头顶挽个髻，这样的造型不得不让人联想到佛头……这些花样繁多的发型，都只用一招塑造而成，就是——编，贴着头皮编小辫。

经常可以见到路边坐着一对妇女互相编着小辫，她们不时腾出一只手沾些棕榈油到头发上，好让头发更加服帖。我在一旁观摩，想着要是学会了，以后每次出远门都把头发编成这样，就完全不用带洗发水了，既减轻行李，又省水省事，多好。可惜她们的手法都极其熟练，出招时动作快如闪电。我将全部心神都用在偷师上，像盯着肌肉男一样紧盯着她们的手看，却连半招都没学会。

功夫没学会，顶个花架子回去也好。我开始往街边的理发店钻，一连问了几个理发店，店老板都是身材壮硕的女金刚，她们全部强烈推荐我加些假发一起编。还塞给我一本图样，里面有各种各样的发辫款式可以挑选。我注意到，理发店里都鲜有剪子，“理发师”们大都只会编发和接发，不会理发。

我坐在理发店里观摩了一下将真假头发编在一起的过程。“理发师”先将木梳伸进一个罐子，挑出一些胶水模样的东西，把准备好的假发粘在顾客的真头发后面，再一起编成发辫。这些假发和真发粘在一起，以假乱真，相当自然。

气候原因，非洲人的头发普遍长得很慢，而且十分脆弱，很容易断掉，稍长一些又会打卷。他们的头发长到15厘米就已经算很长的了，再长就会自动脱落重新生长。黑人的发质跟我们十分不同，他们的毛发尤其是头发丝很细，一个毛孔可以同时生长七八根头发，毛孔的分布却比较稀疏，与牙刷的刷毛很像。穷人们就将头发通通编成小辫，而有闲钱的人们要么接假发将辫子编长些，要么干脆直接戴假发。

糖厂招待所的看门人Lamin，常常以“官二代”自居，号称自己的老爹是个酋长。塞拉利昂的酋长多如牛毛，如果Lamin不是在吹牛，他的爸爸多半只是个贫瘠土地上的小酋长，否则Lamin也不用自己出来打工。Lamin和我攀谈时，发现我对他们的发型十分感兴趣，就抱怨理发店太贵，然后夸耀自己的老婆很会编小辫。我当然明白，这意味着Lamin可以有一笔小费装入口袋。

我在早上出门前和Lamin约好，晚上回来后，正好Lamin的老婆做完饭，可以来招待所给我编辫子。

晚上七点，我给Lamin打电话，问他还记不记得早上约好的事情。对于当地人的不靠谱，我已经有过不少体会了，所以十分不放心地打电话过去确认。Lamin在电话那头说：“I′m coming!（我马上就来）”我立马心里有了底儿，去门口站着等。我去过Lamin的家，离招待所很近，走路十分钟就到。招待所里的中国雇员都告诉我，不要相信什么“I′m coming”，今天见到Lamin是没戏了。我想不至于吧，再不靠谱一个小时也该到了。然后，一个小时过去了，两个小时过去了，三个小时过去了……Lamin从此杳无音信，一整个晚上都没有coming。对此我没有丝毫介意，因为刚到塞拉利昂时，大使先生说，每次和当地的官员见面，对方迟到的时间都是一个小时起。

第二天，再见到Lamin时，他神情自若，随随便便地问了我一句："昨天你给我打电话来的？"那语调云淡风轻。

虽然Lamin失了约，却给了我很大启发，既然这里的姑娘通通都会编辫子，我干吗非要去理发馆挨宰，况且我又不需要粘假发。晚上吃完饭，我在招待所附近溜达，碰到一个脸熟的姑娘就要她给我编辫子，对方欣然应允。

我和“阿佳”这个名字似乎很有缘，这个给我编辫子的姑娘也叫阿佳，这已经是我认识的第三个阿佳了。就在我老老实实坐在一块大石头上，充分感受阿佳的双手在我头发中快速地编来编去时，Lamin又凑过来，说阿佳是他妹。有围观群众怕我不明真相，对Lamin嗤之以鼻，说这里能见到的女的都是他妹。

去非洲前，我特地去楼下小理发店剪了头发。这是唯一一个我剪过头发还会去第二次的地方，10块钱，童叟无欺，而且从不忽悠顾客办卡。我毫无迟疑地说要削薄、剪短。老板反复问我真剪了啊，你确定？其实只剪短十几厘米而已，不用那么夸张吧。可老板说好多女孩都舍不得剪头发，修剪发梢时稍微短了一点儿就心疼得要命。我想起自己的一个朋友，身高1米6，永远盘着头发，很大一坨。我建议她散开头发，那样也许更好看，她说绝不能散着，因为头发已经到了很容易被自己踩到的长度了！据她透露，每洗一次头发都要用掉至少半瓶洗发水。我把头发削薄、剪短，为的就是可以少带点儿洗发水出门。

在将近一个小时的时间里，我的头发被阿佳抓来扯去，整个头皮都发麻了。我把手机当作镜子，迫不及待地照照自己的一头小辫。样式是最经典那一款，从额头开始一直编到脑后。每个辫子都是贴着头皮编的，比较粗，总共不到20个。不知道是我的头发本来就比他们的粗，还是阿佳糊弄我。虽然Lamin和其他几名围观者不住地夸我的新发型十分好看，可我仔细端详手机里非洲style的自己，怎么看怎么觉得别扭，可能是我头

皮太白的缘故吧，从头发的缝隙里露出来，十分怪。不过怪也有怪的好处，这个发型如果安在一个当地人的脑袋上，是相当地普通，可安在了我这个“白人”的脑袋上，就变得十分高调，无论走到哪儿，回头率都是极高的。

从此我就顶着一脑袋小辫，到处招摇过市。也许仗着自己的发型“亲民”，我流连于海边欣赏肌肉男时，更加无所顾忌。

我甚至将这头怪小辫一直顶着回了国。在首都机场和地铁里，我的非洲造型引来很多人好奇的目光。回家一礼拜后，到处嘚瑟够了，不洗头也不行了，才不舍地把小辫子一个个都解开。

刚散开的头发就像被闪电击中了一样炸开了，脑袋一下子大了好几圈。头发被水沾湿的一瞬间，迅速恢复到了从前的服帖。

于是，与非洲有关的痕迹，只剩下签证、照片和回忆了。

可怕的热带病

对于这趟非洲之旅，我知道会有一定风险，不得不给自己上些保险。除了附带全球24小时救援的旅游保险外，我还买了本*Lonely Planet*（《孤独星球》）的非洲版，认真研究了这本书最后有关热带病的章节。

阅读那些内容比看恐怖片刺激多了，一个个恐怖至极的热带病名词纷纷向我扑来。黄热病、伤寒、霍乱、白喉、破伤风、流行性脑脊髓膜炎、脊髓灰质炎……这些是非洲地区最流行的病，听起来都蛮可怕的，庆幸的是它们都有安全有效的疫苗，只要打过，在有效期内就不用再担心。可是至今，人类还没有发明出预防疟疾的疫苗。

在非洲中部、东部、西部和南部，疟疾都很流行。这种疾病是通过雌性疟蚊的叮咬，在血液中产生寄生虫而引起的。疟疾有几种不同类型，恶性疟疾是非洲最主要的疟疾的形式。疟疾一般以体温迅速升高和下降、头疼、全身酸痛、虚弱乏力、腹泻、咳嗽这几种形式出现，疟疾还有个更形象的名字叫“打摆子”。

胃灼热、消化不良、恶心、脱发、口腔溃疡、失眠、严重精神焦虑症……提前服用抗疟药造成的副作用也不是闹着玩的。而且要时刻保持警惕，因为药物也不能保证百分之百有效。

黑蝇、果蝇、舌蝇和一些不知名的小苍蝇也都是叮人的，且传播细菌、病毒和寄生虫。在塞拉利昂的日子里，我有幸见过一只被果蝇叮过的母狗，由于它全身都是黑色的，因此可以用肉眼轻而易举地观察到长在它身上的蛆，狗妈妈生的小狗身上也有很多。

所以，最好的办法还是防止被蚊虫叮咬。

就像热带地区的天气和人民一样，热带地区的蚊子也格外热情，一支好的军用驱蚊乳绝对是非洲之旅的必备物品。每次洗完澡的第一件事就是全身涂一遍驱蚊乳，而出门前的步骤是浑身抹一遍防晒霜，再盖上一层驱蚊乳，随着流汗，再一层层补。其实，穿长衣长裤比涂防蚊乳更管用，但必须同时注意补充水分，以防中暑。

不在淡水湖或流速缓慢的河流中涉水或游泳，也能有效地避免锥虫病、血吸虫病和盘尾丝虫病。

疟疾是防不胜防的，万一中招了，也不用怕，初期的疟疾一般很好治愈，只是容易反复发作而已。千万别不当回事，一旦延误治疗时间，疟疾转为脑型疟，那就不只头疼脑热那么简单了——意识力下降、昏迷，脑部和中枢神经系统受到感染，24小时之内人就挂了。

即使离开疟疾传播区，一年半内有发烧等症状，也有可能是患上了疟疾，需要立即就医治疗。

中暑和晒伤也是不可忽视的，它们都会造成免疫力下降，让其他疾病有机可乘。因此一定要多喝水。

说到水。毕竟卫生条件不及国内，饮食、用水一定要留意，即使安全避开了以上的那些热带病，拉肚子也许还是躲不开，携带止泻药是明智之举。当地的自来水煮沸后可以饮用，超市买来的瓶装水也安全，不建议购买路边小贩出售的袋装水，这种水水源不明。直接喝自来水、河水、湖水，与喝某类毒药没什么两样，想都不要想。

热带的蚊子和各种叮人的苍蝇是可怕，不过被它们叮了也不是绝对会被传染。我身上就被叮了若干蚊子包，它们很好下去，只有当时很痒，痒过就好了。可我身上有二三十个小红点，不知是被什么咬的，从非洲回国半个多月后才下去。在它

们还没消失的那段时间里，持续地奇痒无比，抹风油精、清凉油、花露水、薄荷膏、牙膏通通不管用。我感觉自己就快变身为一只长了虱子的猴子了。

因为经常穿长衣长裤，汗液过多且排不顺畅，我还长了湿疹。湿疹主要长在手背上，回来没几天就下去了，微痒，可以忍受。

往年最多感冒一次，可自打从非洲回来，抵抗力下降，4个月里我感冒了三回。好在都没有出现疟疾的症状。

究竟怎么才能有效地预防疟疾呢？除了坚持不懈地与蚊子作长期斗争外，注意保持心情愉快，别过于担心，该吃吃、该睡睡，平衡膳食，提高免疫力……就像平时在家一样。

埃博拉病毒先生如果看到了上面这些文字，一定会狂妄地大笑。疟疾再防不胜防，也有治愈的药物，而埃博拉病毒既没有疫苗，也没有治疗方法。人类对它的了解几乎为零。此种病毒的感染潜伏期为两天左右，死亡率高达88%。如果碰到埃博拉病毒疫情爆发，那就只好三十六计，逃命为上了。

为了进一步确认各种疾病是否会大规模爆发，以及建议接种疫苗的实时信息，我特地浏览过疾病预防控制中心的旅游专页（http://wwwnc.cdc.gov/travel）。对于将要到达的地方，了解当地有何流行病是十分有必要的。我知道了全部情况，仍然没有打消去的念头，绝对比什么都不知道，去了之后再后怕的旅行者心理成熟得多。（对，我是在顺便夸自己呢。）

不过，如果想彻底杜绝得疟疾，最完美的答案是——压根儿别去非洲。

格格不入，却也随遇而安

刚到非洲时，我发现飞机上遇到的每一位黑人成年女性，包括空姐和乘客，没有一位的脸上不化妆，也没有一位的耳朵上没有耳饰，而且每一位的穿着和佩戴的首饰都十分得体。我以为原因是在这个国家里，能坐得起飞机的人都是受过良好的家庭教育的。但在弗里敦，即使是招待所门口抱着孩子的家庭妇女，也每天戴着耳环、贴着假睫毛。无论天气多么炎热，政府的工作人员都西装革履，且礼数周全。

为了尽量缩减行李，我只带了几件便服。在如此注重穿着礼仪的氛围中，时常颇感失礼。再加上蚊子先生对我宠爱有加，我不得不尽量把自己捂得严实一些。肉体和心灵都备受摧残。

也许是我在这个国家待的时间还不够长，至少没有长到将穿短裙、高跟鞋去爬山的，穿休闲装参加晚宴的，穿短裤、拖鞋去看话剧的，穿牛仔裤、运动鞋去听音乐会的，穿短袖衬衫打着领带的，穿肉色丝袜露着袜口的人——收入眼底。当然，穷得不穿衣服的人，这个国家也有很多。

在塞拉利昂，路边的摊位都是流动的——是真的会动哦。除了自己的身体，小贩们没有其他的运输工具，他们的头功之厉害，已经达到了无所不顶的地步。水果、面包、零食、饮料、皮带、牛仔裤、鞋、包、光盘、锁、耳机……任何正常的和匪夷所思的东西，都是用头顶着卖的。

我特地向卖花生的小朋友借了大盘子，也放在脑袋上顶了一会儿。小朋友怕我这个新手顶不住，特地给了我一个布条，教我先将它盘在头顶上，把头顶垫平，再放上盘子。可我只是轻轻地转个身，盘子就差点儿掉下来，而且满满一盘子花生，一点儿也不轻啊。他们是怎么做到无论是在上下坡走路，蹲下，还是小跑，东西都像牢牢粘在脑袋上似的呢？

向街边小贩买东西，完全不用担心买到的东西分量不足，因为没有一个小贩用秤。他们的计量单位不是斤、两、磅，而是个、堆、罐。比如最常见的是卖花生的，通常是小孩头上顶着一个巨大的盘子，盘子里堆满了煮熟的花生，还有一个小罐。小罐一般是易拉罐减去一半做成的。那个小罐就是计量工具，买花生按罐盛。按照地域不同，每罐卖几千利昂不等。罐子的深浅也明显存在地域性差异，首都的罐子最浅，越往乡下越深。小孩的手通常也没准，有时候给你冒尖一罐，有时候还不满。香蕉是按“把”卖的，木薯则按“堆”，鱼按“条”……如此简单纯净的购物环境，省去了讨价还价和怀疑被宰的环节，分外轻松。

从另一个角度看塞拉利昂的购物环境，就不那么可爱了。塞拉利昂只有现金交易，纸币都破烂不堪，一万利昂面额的纸币还算完整，一千、两千、五千利昂的纸币通常都烂到看不清字，只能靠颜色分辨。纸币的品相如此之差，以至于银行的点钞机完全成了摆设。从银行取钱的话，都是纯人工数钱，有时

africell

会多一张，有时会少两张，特别没谱。取款额度大时，会遭到勒索。

其实，大多数当地人，一生也没什么机会走进银行。对于存钱这件事，他们基本没什么概念。我搬去糖厂的招待所住后，发现当地的员工发完工资的那四五天几乎都见不到人影，他们会去酒吧各种high，钱花光了才回来上班。

有次，糖厂需要临时工，让司机Gallo问问自己的表弟。他打完电话后，把表弟的答复不作任何修饰地回复给厂长："他说不来了，上次领的工资还没花完。"

在矿区时，每到饭点，都会有当地员工在食堂外等候，食堂会把剩饭留给他们。没有剩饭的时候，他们就饿着肚子。我问他们工资都干什么用了，他们的回答令我十分无语——买酒喝了。

糖厂也遇到过保安监守自盗的事件。保安和负责运输糖的司机合作偷糖，每袋糖都只少半斤，十分精准。人赃并获后才知道，是保安找了个桶，每次倒满一桶就换下一袋，所以每袋缺少的斤两才如此一样，偷盗技术十分高。

一直觉得机场是个神奇的地方。在那里，人们的真实样貌更容易被看见，因为都是彼此一生中唯一一次接触的概率很大。

在机场出关的时候需要填离境表，工作人员“好心”地要帮我填，我委婉地拒绝了。我的目标是——进关出关，都一毛不拔。我故意在职业那一栏填了记者，目的那一栏填的是采访。窗口里的大哥接过表格，看了一眼，不为所动，还是向我说出了那句经典台词：“Do you want to give me anything? ”我早就想好了对策，跟他侃总统刚刚发布的繁荣计划，最后的结论是难道国家繁荣靠收小费就可以实现吗……总之blah blah胡侃一气，对方居然被我唬住了。神情逐渐从没捞到钱的哀怨转换为热情，不仅没有继续索要小费，还说喜欢我的眼睛，跟我热情地挥手告别。我都走出两步了，又叫住我，动作十分夸张地从窗口伸出他那硕大的身躯，抛给我一个飞吻。

本来我以为自己成功地做了回铁公鸡，没想到他们又从行李的角度给我挑刺儿。一名负责安检的大叔把我带到行李扫描的地方，让我开箱。我打开行李后，他们随便翻了翻，没发现什么问题，就让我走了。在安检大叔领我回候机室的时候，没出意外地，他开始索要小费，大概是想好好把握这最后一次机会吧，居然狮子大开口，向我要20美元！好吧，这也是我最后一次给小费的机会了，毕竟行李在人家手里。我想起兜里还有皱皱巴巴的2000利昂没花出去，掏出来都给了他。他居然轻蔑地看了一眼那两张皱皱巴巴的钞票说，你还是带回中国吧，然后不带一丝迟疑地翩然离去。机场的工作人员果然是比海滩上的混混高端大气上档次啊，2000利昂都入不了人家的眼。

从塞拉利昂回北京，转了两次机，每转一次机，周围的黑人都会减少很多，国人越来越多。中国人少时，遇到一个彼此都很激动，大家热情地相互打着招呼；国人一多就淡定了，大家变回老样子，只跟熟人交谈。不知道别人作何感想，我还沉浸在那种与陌生人打招呼的快感里，没有回过神来。

在塞拉利昂时，每当我与大街上的陌生人有眼神接触时，得到的都是微笑点头或者问好，而不是漠然地别开眼。很多次，在北京的街头，我刚想试着主动笑笑，都被对方空洞的眼神拂过，我就像被一盆冷水瞬间兜头泼下，硬生生地把鼓足勇气加热过的微笑憋了回去。回想起第一次去黑人众多的市中心，心里莫名恐慌；看惯了北京地铁里那么多丧尸般的、面无表情的人，反而觉得天经地义。

微笑尚且如此困难，更不用说打招呼了。在大街上与陌生

人主动打招呼，其实是件很开心的事。但在北京行色匆匆的街头，试试与陌生人主动打招呼，如果你不是想问路或者推销的话，一定会被别人当成骗子或神经病。不是有句话叫“世界上没有陌生人，只有还没认识的朋友”吗？朋友难道不都是从一个善意的微笑和一次亲切的问候开始的吗？

在塞拉利昂的大街上，擦肩而过的人，都会谨慎地避让，不小心碰上了，绝对会听到对方讲sorry。可我已经记不起自己上次说“没关系”是什么时候了。我一直搞不清楚到底是哪里出了问题。“你好”、“谢谢”、“不客气”、“对不起”、“没关系”。几句简单的话，对于一些人来说，讲出它们简直难得要命。也许我们的城市太大，没力气说；也许我们的工作太忙，没时间说；也许是我们的地铁太拥挤，没勇气说。时间久了，我们便觉得没必要说了。

或许我去哪里都有些格格不入，却也总能变得随遇而安。

人生若只如偏见

刚到塞拉利昂时，总有当地的国人——我称之为“老乡”——告诉我，不要接受黑人对你的帮助，因为他们都想从你那里得到好处。

打车到弗里敦闹市区时，我想去一家据说性价比很高的旅店，可司机是个新手，带着我绕了半天也找不到路。他求助于路边一个无所事事的中年人，对方很热情，直接坐上车，带我们去。我以为这种人就是“老乡”们说的，想从我这里得到好处的人。可人家真的是活雷锋，下车时很潇洒地挥了挥衣袖，说了句“You're welcome”（不用谢），就下车了。

在弗里敦闲逛时，走到一所教会学校，见门口没人拦，就进去转了转。第一个发现我的小朋友向我大声地问好，同时，调皮地眨了一下左眼。紧接着，学校就像开了锅似的，孩子们从四面八方涌来，将我包围，争着跟我握手，向我问好，在相机前做着各种鬼脸儿，大笑，大叫。校长——一个穿着淡紫色套装、涂着紫色眼影，看起来有200多斤的可爱大婶——很快被吵了出来，用她肥胖的身躯拨开层层簇拥的小朋友，将我领到校长室。在仔细查看了我的护照，确认我不是跨国人口贩子后，热情地带我参观了学校里的每个班级。

airtel
money
airtel
money

学校不大，只有两层楼，算上校长一共九个老师，每个老师都是英语、法语、数学全能教。每到一个班，校长都会带着学生们欢迎一次我的到来，有些班级还有早就训练过的口号和动作表演。参观过程中，我又一次遇到那个向我大声问好的小家伙，他仍冲我调皮地眨一下左眼。

我离开学校，往旅店走，无意中回头，发现小家伙居然一直跟着我，可我记得学校明明没有放学。这次是我冲他眨一下左眼，逗得他咯咯直笑。我问他是不是逃学了，他一脸无辜地拽了拽书包带，没有回答。他就这么一路跟着我，一直用好奇的眼神盯着我看，偶尔和我相视而笑。直到我进了旅店的院子，他才一脸不舍地转身走了。

回到旅店，我和“老乡”聊天，兴奋地说起刚才在学校里的见闻，还有那个跟了我一路的小不点儿。“老乡”冷冷地来了一句，他是想跟你要钱吧。我就再也没有说下去的兴致了。

我选择相信纯真的眼睛，不过我也理解“老乡”为何有如此深的成见。

在加纳转机时，排在我前面的一对老夫妻，从几内亚带了五串红玛瑙手串，放在随身携带的行李里，安检人员以此为理由勒索。俩人没零钱，于是给了对方10美元。安检人员居然还嫌少，一张臭脸拉得老长。大爷一个劲儿地点头哈腰，说着thank you（谢谢）。其实压根儿一分钱不用给，红玛瑙又不是象牙，根本不是什么违禁品。假如真是的话，用10美元就能放行吗？

经过了几个非洲的机场，我深刻地体验到了安检人员的“理财”观念。最后一次在亚的斯亚贝巴机场出境时，俩安检大哥给我的背包过了五遍扫描机。我按照他们的要求将相机掏出来后，他们总问我是否还有另一个相机。我不得不把包里的所有东西都倒出来，让他们随便翻。最后他们发现了问题所在——一个对讲机。他们禁止我将对讲机带上飞机，即使我将电池拆下来，分开放也不行。可是已经没有时间办理第二次托运了。这是唯一一个不让我将对讲机带上飞机的机场，我认为他们是在故意找茬儿。而且我很不忿，认为他们贪得无厌，专碰中国人的瓷儿，以为姐也属于“人傻钱多”的类型。于是，“倔脾气模式”随即启动，很直白地问他们是不是想要钱，更直白地告诉他们姐没钱。出乎我的意料，人家很严肃地说不是为了要钱，是为了飞机的安全，其他机场一定是出了差错才允许我将对讲机带上飞机的。怕我不相信，又强调了两遍。

经过漫长的磋商后，安检人员决定把对讲机给机上的空乘人员，飞机落地后再还给我。我从第一个过安检，耽搁到最后一个登机。

得，又小人了一把，还是没用对地方。

记得在川藏北线途中遇到一个很可爱的藏族小男孩，我主动将糖分给他吃，他害羞得不敢接。我一阵感慨，如今南线沿途村子中的小孩，有些已经看不上糖了，必须给钱才让过，北线的人们竟然还如此淳朴。我突然意识到几年前，在南线生活的小孩们，一定也是如此害羞的。可究竟是什么造成了现在的状况？第一个分给孩子们糖的人，应该和我一样，只是因为看到孩子们甜蜜的笑脸，忍不住将同样甜蜜的糖果分给他们。渐渐地，越来越多的过路者将这种行为演变成了施舍。于是，接受者觉得理所应当，“不满足”也接踵而来。

当我们抱怨那些索要者的贪得无厌时，是否也该想想自己有没有起到过推波助澜的作用。起初，也许只是几个“脑筋活泛”的黑人，见到一些国人钟情于用钱解决问题，才逐渐使今天这种专门喜欢向中国人要小费的现象常见起来。偏见都不会无缘无故。

有时候，主动赠予不一定是在做好事；不去赠予的，也未必都怀着坏心。

除了这些赤裸裸的偏见外，更深程度的偏见，是我们根本没有意识到自己的行为属于偏见。有人跟我说，他和黑人握手有心理障碍；有人得知我送给他们的水果是黑人帮忙摘的，会将刚要放进嘴里的水果偷偷放在一边，或是重新洗过好几遍才吃。

在海边，经过的黑人女孩会说一声，嗨，我喜欢你裙子的颜色；当我顶着满头小辫到处溜达时，也不停地遇到人们说，嗨，我喜欢你的发型。我相信，并非语言或者肤色、人种造成了隔阂。我们可以和自己的邻居几年不说话；我们也可以站在电梯门口，苦苦找寻自己的楼层按键，不知道让开门口，先往里走，等大家都进来后，再逐个跟站在按键附近的人报自己要去的楼层，然后说一声谢谢。

人与人相处愉快的前提是，大家都认为彼此是平等的。记得曾经看过一部电影，农场主是个白人，他看到自己的两个小孙子冲着黑人雇工喊“黑鬼”，就让两个孩子和雇工都把舌头伸出来，然后对孩子们说：“看到了吗？里面的颜色是一样的。”

做点儿没用的事吧！

想在落潮时去海边看看那些海鸟、鹰和贝壳，没有向导，还想抄近路。我带着路痴特有的自信，盲目地向着大海的方向出发了，却不知不觉走进了贫民窟。人们全都停下手里的事情，将全部注意力转移到对我的好奇上。我也好奇地打量着周围的一切。低矮的屋檐、狭窄的过道、破败的围板，没有衣服穿的孩子到处爬。令我惊讶的是，还没到海边，就见到许多漂亮的贝壳。那些阴暗潮湿的地面上，嵌着许多白色的贝壳，连成曲线，围在几户人家的门口。那一串串精心排列的贝壳，在那个破旧丑陋的贫民窟里如此显眼，它们静静地躺在肮脏不堪的地上，依旧倔强地散发着光彩。

可那些都是没用的东西，贝壳再漂亮，排放得再整齐，也不能当饭吃。

记得高三填报高考志愿的时候，同学们聊天，总会问对方报了什么专业，为什么选那个专业。我一个同学的回答让我惊掉了下巴。她是那种大小考试都班里排名前十，从无不良嗜好的标准好学生。她说家里人从高校专业介绍手册上抄下了几个近年流行的专业，做成纸条，然后抓阄，按照抓到纸条的先后顺序填报志愿。我问她难道自己没有想学的专业吗？她说没有想法，因为从小父母就告诉她只要好好学习就够了，不用有什么兴趣爱好，那些都是没用的东西。我突然理解了，为什么有次她妈发现她在看管我借的小说，二话不说就给撕了。

其实当年其他同学填报志愿的方法，即使没有那么戏剧性，也科学不到哪儿去，要么是家里做什么的就给孩子报什么专业，要不就是当年流行什么，说白了就是预计未来好就业的，就给孩子一窝蜂地都报那样的专业。导致不少同学学了根本不喜欢的专业，白白蹉跎四年时间和四年的学费、住宿费。转专业的、退学复读重考的也有，不过那需要更大的勇气。

有个高中同学在微博上@大家，问谁还记得38324、14122是什么。我们都觉得十分眼熟，可没一个人说得上来，无论是当年的学霸还是学渣。我问过度娘，才想起来是化学反应方程式的配平系数。大家皆感叹当年背得滚瓜烂熟的东西全还给老师了。我回想自己学生时代都记住了什么，发现勾股定理、牛顿定律通通想不起来，可看过什么小说、做过什么手工、跳远的技巧、每次春游秋游去的哪里、谁的妈妈做饭好吃却记得格外牢固。原来我记住的都是些没用的东西。

是不是跟谋生、生计、饭碗有关的事才叫有用？那么所谓的生活情趣、兴趣爱好、审美品位、艺术修养通通是些没用的东西。如果从小什么爱好都没有，是不是老了以后只能把跳广场舞当作唯一的爱好？

庄子老人家曾经曰过：“无用之用，方为大用。”只做有用的事，那叫功利主义。

在旅行途中遇到过一对夫妻，带着一个七八岁的小女孩。女孩聪明伶俐又不失礼数，他们教育孩子的方式有些异于常人，孩子没上过学前班，上小学前也不逼着孩子提早背古诗、单词，就带着孩子到处玩。刚上小学时孩子的学习成绩并不怎么好，因为其他孩子早就提前学过那些知识。不过她学东西很快、很轻松，用了一个学期的时间就和其他孩子水平一样了，甚至更好。他们总结原因在于，孩子开窍了，学什么都容易。

让孩子在该玩的时候可劲儿玩，是我发过的宏愿。没想到，早已经有人这样做了。曾经有个长辈说等你有孩子的时候你就不这么想了，我大言不惭地说不会的，如果每一代教育孩子的方式都一样，那这个世界就甭进步了。

没有跑马拉松的人是赢在起跑线上的。你自有你的节奏，没必要看到别人超过了自己就急着提速，那样反而乱了阵脚。

我还记得自己上大学的时候就属于奇葩型，大家都抱一大堆专业书、英语考级书去图书馆占座，就我抱着台笔记本宅在寝室。当然我也去图书馆，是去借书，要么是各种闲书、杂书，要么是跟艺术、设计有关的，总之全是些“没用”的书。每一个校内展我都会去看；老师推荐的展，只要感兴趣，无论多远都去；并且想方设法从社团或者老师手里搞到各种服装秀、艺术展的门票，总之都是“没用”的展。除了看书和看

展，我把很多时间用在写作上，给各种报纸、杂志、电台投稿，总之都是些“没用”的事。这四年里，我做了自己喜欢的事情，把时间都花在了那些“没用”的东西上，回过头来看，光阴却没有虚度。

那些平时看起来不起眼的东西，也许才是最不可或缺的。正是因为我们无时无刻不在获得它带给我们的好处，以至于完全忽略了它的存在，就像空气和阳光。

有人说，只有做好自己该做的事，才能去做自己喜欢做的事。可该做的事和喜欢做的事为什么不能是同一件事呢？如果连自己喜欢的事都没法做，又凭什么相信等到做完了所有该做的事，就一定有机会去做自己喜欢的事呢？况且什么是该做的事？买房、买车、结婚、生子？可等这些都做完了以后，该做的事又会变成买更大的房、换更好的车、维系婚姻、教育下一代……人只要活着，就有一堆该做的事。如果我们一直在做所谓的“该做的事”，甚至可能一辈子都不知道自己喜欢做什么。绕那么大一个圈，还不如直接做喜欢做的事。那些喜欢做的事，自然会带我们得到应得的一切。

全身心地投入到自己真正喜爱的事情中时，那才是真正的自己。

那些喜欢做的事、那些“没用”的事，正是自己最该做的事！

想要的，不必现在就有

那句响当当的广告语：“我想要的，现在就要，因为，我，不耐烦。”说出了多少急脾气的心声。

我也是个急脾气，但我更愿意把这份“急”用在做喜欢的事上，而不是用在期待结果上。

成长就像不停地画圆，每天一点点改变、提高、调整，画出的圆就能越来越大、越来越规整。想要的东西，迟早被归到自己的圆里。如果想要什么，就心急火燎地追在它屁股后面跑，画出的只能是一条条有头没尾的射线，无法组成完满的形状。

就这么不慌不忙地画着自己的圆，内心还是难免有焦虑，“计较”和“比较”总是喜欢干扰我们的心情。

有个女孩在微博上@我，说坐公交车时，翻开我写的上一本书《我怕没有机会，选择真正喜欢的生活》，邻座的一个男人问她，这本书怎么起了这么个书名，作者是不是快死了？她和小伙伴们都惊呆了！

人们每天生活在“死亡离自己很遥远很遥远”的假设中，因此对死亡没有任何敬畏心，一味地逃避或假装它并不存在。所以也就不会去想我该过什么样的生活，我喜欢什么样的生活，怎么才能拥有我喜欢的生活……似乎这些并不是多么值得思考的问题，而理所应当是一个快死的人在无力做出改变时，才会去悔恨的事。把自己当作一个将死之人，没什么不好，我们每个人不都是必死无疑的吗？如果我明天就要死去，我遗憾的只是还没做的事，而不是还没得到的结果。

也有人曾对我说，你的危机感是不是来得太早了一些？我说因为我是个急脾气啊，我发现问题所在的时候，会迫不及待地做出改变。那份自发的改变，会有旅行般的快乐。我相信越早改变越容易，越晚就越难。就像在一段下坡路上行驶，越晚踩刹车，滑行距离越长。我们的人生就是这样一条长长的下坡路，我们从纯真无邪，逐渐变得世故，忘掉自己究竟来这世上干什么，然后吃喝玩乐，一直向下滑。越早清醒的人，越快踩住刹车，还可以提早改变。

什么，我太悲观了？难道浑浑噩噩地活着什么都不想才叫乐观？真正的悲观有两种：一种是只抱怨，从来不改变；另一种是自我催眠，觉得就这么活着挺好，乐呵乐呵得了。借用《疯狂原始人》里的一句话：“那不是活着，只是没死而已。”

生的反面不是死，而是凑合。很多人用了很多年时间，才证明了自己不喜欢现在的生活，那是一种每天不停凑合的生活。我也不耐烦，我不耐烦的是凑合，因为也许一凑合就凑合了一辈子。

需要改变时，就用这份不耐烦的急脾气去战胜拖延症；期待结果时，不用着急，该有的都会有的。只要耐心等待，愿望最终都会实现。我们需要做的，只是在等待的时间里去做喜欢的事。

如果总是活在“计较”的焦虑中，如何过好当下的日子？想什么都不做，就拥有轻松的工作、丰厚的资产、完美的伴侣，怎么可能“又想马儿跑，又想马儿不吃草”？

何必二十多岁就非得有四五十岁才能拥有的一切，现在给我都不能要，不然直接跨入老年退休生活，未来三四十年还活个什么劲儿？我也想过富有舒适的生活，女孩子们幻想过的东西，我通通幻想过，一样不落，没准更多。我也希望嫁一个“高富帅”的老公，但我不要求他现在就是。如果我们生下来就会八国外语，一落地就身怀高深武功，那父母陪伴我们成长的岁月就会变得索然无味。就是因为我们从那么一个小不点儿，只会张嘴啼哭，变成会走路、说话、做家务、读书的成年人，他们和我们一起走过，才有了乐趣。是成长和陪伴赋予了时间意义。

与相爱之人互相正向影响，提升彼此，我们都会成为更好的自己，也会到达自己想要的未来。我们每个人都是半成品，在成长的路上相互陪伴，和对方一起成长。这永远比在路上拣个现成的、完美的、不用升级的，又恰好与自己匹配的伴侣概率大得多，也有趣得多。

中塞友谊
Sierra Leone
Friendship
The Seal of Good Taste.
7

如果“计较”是麻醉剂，麻痹我们的心智，让我们忘记当下的生活，将全部注意力放在对结果的关注上；那“比较”就是兴奋剂，只有看到别人比自己好，自己才有拼劲儿，把追赶当作动力的源泉，其副作用是嫉妒和求胜心切。计较和比较都会过度消耗自己的心力。

成长根本不需要竞争。有竞争就没法公平，因为每个人的性格、长处、经历各不相同。我们每个人都没法和另一个人做比较，因为我们本就是不同的个体。

我在旅行中感觉到美妙，并不是因为在旅行中得到了什么，而是在这个过程中，我明白了，自己成了一个什么样的人。把这种想法转移到生活中，也就不那么受“计较”和“比较”的干扰了。

想要的，其实不必现在就有。

活着不是经历，而是感受

“回忆过去的生活，无异于再活一次。”在同样长度的时间里，我在体验新的生活的同时，不断回忆着经历过的事情，是不是相当于我有了两条命？

结束旅行，归家途中，经过小时候住过的地方，发现以前的老楼早被新的高楼大厦取而代之了。可我对眼前的一切视而不见，我用念旧的目光将那些新盖起的楼房通通拆掉，用记忆里的旧景象重新取代眼前的新貌。楼自然还是新的好，但记忆里的旧楼却比新楼更耀眼，因为它们在我的回忆里占有一席之地，我曾经深刻地感受到过它们的存在。

我们总在强调经历对于一个人的成长和“三观”建立的重要性，所以说要有见识，要去周游世界。其实，如果只单纯地经历，不一定就能有多于常人的感受。居然有

人说旅行就需要“心无杂念”，所以旅行不需要意义。可组成我们生活的并不是经历，而是感受。上天赐予我们许多种感官去经历周遭的人、事、物，我们可以用视觉、听觉、嗅觉、味觉、触觉，去看、去听、去闻、去尝、去摸，但这些只属于经历，真正的感受是用心，通过回忆建立的。全方位的经历加上感受，才能让我们体会到自己的存在，体会到自己在活着。

“见识”这个词本身就代表了两个动作，一个是“见”，另一个是“识”。强调到处游历、多多经历，也只是强调“见”，并未强调“识”。“你未看此花时，此花与汝心同归于寂。你来看此花时，则此花的颜色一时明白起来，便知此花不在你的心外。”本来这是劝导人不必执着于烦恼的话，但把它用在经历和感受的关系上，同样适用——你没有回想你的经历时，它只是一段过去；你去回想它时，它便明白起来，不再只是身外的经历，而被转化成了内心的感受。见而未识只是虚度光阴与年华而已。

从用眼“看见”到用心“识得”，并不能自动转化，它需要人的自主动力。动力来自人对生活狂热的野心，它是一种把身外之事占为己有的过程。一切事情，无论你是否亲身经历，它都如衣服、金钱一样是身外之物，只是与实物形式不同。当它被你转化成感受时，才真正属于你。

对于我们来说，日子也不过是个符号，经历只是去过，见过，做过，遇到过，而感受才是完全属于自己的东西。如果没有回忆和感受，我们只是在这个时空中活动。我们在回忆时，生成属于自己的感受，经历过的事情才有了意义。

曾经有一段时间，我对东西方各种命理术数很感兴趣。后来想明白了，我去验血型、查星盘、排八字……无非是想知道两件事——我是谁？我与其他千千万万的人有何不同？可别人在问“我是谁”这个问题时，我除了回答自己的姓名、血型、星座、生日、命格外，似乎没什么办法说出我与其他人的区别。我经历过的生活，不是惊天动地的，也不是举世无双的。只有感受，我的与别人的截然不同。

有一种混账逻辑是：只有结婚了，才知道什么是谈恋爱；只有偷过情，才知道什么是真爱。可情商高的人不一定都经历过感情挫折，言情小说家也不一定谈过N次恋爱。起到决定性作用的仍然不是经历，是感受。经历过起伏动荡也会有人无知无觉，只长岁数、不长脑子的人并不罕见。有些人从生活的细微之处照样可以有丰富的体会，悄然变得强大。

我们带着从经历和回忆中得到的感受，才能勇敢地前进，创造出新的生活。

后　记

走过的地方越多，世界在你眼中就越大

总有人在微博里@我说：“看了你的书，很心动，但就是缺少了一种说走就走的冲动。”

我没有说走就走啊，天地良心！第一次长途旅行，我从有这个念头，到真正出发，中间大概经过了三四个月的时间。而这次的非洲之旅，从有想法，到成行，大概用了五个月（我在等最佳季节，同时在攒钱，这种事，我会随随便便说出来吗）。我开始有这个想法的时候，很为自己冒出想法的这个行为激动、兴奋。之后就是冷静思考，看我有什么必须去的理由，去了之后会有哪些危险。之所以在冷静的这段时间没有放弃这个想法，反而更加坚定，是因为我始终牢记着当初是为什么产生这个想法的。初衷是最重要的，之后往“去”与“不去”两边各放砝码，都是为了给自己找动力而绞尽脑汁想出来的。我们不需要冲动，但也别在长久思量之后，忘记了最初的原因。

如果你没有理由出发，那只能说明，你并不是那么迫切地需要旅行。

有网友私信我，问我：“是什么让你有勇气抛弃一切出去旅行？”也有人在微博上@我：“早就把《我怕没有机会，选择真正喜欢的生活》看了一遍又一遍，但我没有勇气像你一样，放下一切，踏上旅途。”

我没有放下或者抛弃一切啊，天地良心！出去旅行是为了更好地回来生活，怎么说得跟我看破红尘出家了似的，我可是一直在红尘中行走啊。只不过，在旅行中，时间和空间都有了全新的面貌。一年的坐标不再只是四季，变成了纬度和海拔；一天的坐标不再只是24小时，变成了时区和时差；地图不再是一张纸，变成了一个立体的世界；那些地图上的地名也不再是几个陌生的单词，变成了一个个停留过的地方。

如果你想借旅行逃避生活，那只能说明，你真正需要的并不是旅行。

有个姑娘在微博上问我："你一个女人家在外面乱跑，心里不害怕吗？就不怕遇到色狼、抢劫什么的？就不怕语言不通？你是不是英语特好？"

这些哪儿没有？翻开报纸，你可以看到随便哪个国家、哪个城市，每天都有可能发生这样的事。我就是哪儿都不去，也有遇到它们的机会。但我相信人都是呈正态分布的，色狼和抢劫犯哪儿都有，但哪儿的都不会比正直的人多。至于语言问题，更好解决。有时候，小狗、小猫的意思，我们都能明白，更何况同在地球上生活的人？语言不通时，可以用手比画，再不济还可以画出来。而且，我会时刻记得自己的名字——笑。笑容，绝对是最好的语言。

如果你没有勇气出发，那只能说明，你并不是那么适合去旅行。

我是这么盘算的，只有花出去的钱才是自己的，不然它早晚有一天会被人偷了、骗了、坑了、抢了，又或者贬值了、

蒸发了。只有变成了东西，那钱才真正地被你用了。可物质的东西再长久，也终有腐坏的一天；精神的东西，即使无人知晓或被人遗忘，它也真真正正完全属于你一人。世界上唯一稳赚不赔的投资就是自己。读书、到处旅行、交朋友、尝试不同的工作和生活方式，都是在给自己做投资，以期将来从自己身上赚取可观的“利润”。这些“利润”不像股票、基金带来的账户上那些漂亮的数字，而是可以与别人分享的你自己。因为这些“利润”不再只是你的附属品，它们已经成为你无法剥离的一部分——那个更好的自己。

究竟是旅行改变了生活，还是生活改变了旅行？所有的旅行家到最后都变成了伟大的生活家，无论走了多久，旅人终究是要回家生活的。总有一天，我们需要回到起点。如果用旅行的眼光看生活，就像随时随地在旅行。走一条没有走过的小路，品尝一种没吃过的美食，改变一个根深蒂固的想法，都会有旅行般的快乐。

去非洲之前，我在公交车上曾经听到两个姑娘聊天。其中一个很得意地问：“你去过国家大剧院吗？”

另一个姑娘有些没面子地摇摇头。

“我去过，还在那里照了相，照片就在我手机里，你想看看吗？”

于是我想，自己从非洲回来以后，会不会跟我的朋友们说：“你去过非洲吗？我去过，还在那里照了相，照片就在我手机里，你想看看吗？”

如果某天出门左转碰见了杨利伟，他会不会问我：“你去过太空吗？我去过，还在那里照了相，照片就在我手机里，你想看看吗？”

难道说，这世界上已经没有别人没去过的地方了吗？

我们当然可以去别人没去过的地方，因为我们可以创造出别人没有的经历；我们也可以去别人去过的地方，拥有和别人相同的经历，却体会出与别人不同的感受。当我们试着用不同的视角看世界，同一个地方可以照出100张不同的照片。你照出的第101张依然可以不同，依然可以很有趣。

走过的地方越多，世界在你眼中就越大。

刘笑嘉

2014年5月4日